ハヤカワ文庫SF

〈SF2009〉

# 泰平ヨンの未来学会議

〔改訳版〕

スタニスワフ・レム

深見 弾・大野典宏訳



早川書房

7551

KONGRES FUTUROLOGICZNY
by
Stanisław Lem



Translated by
Dan Fukami & Norihiro Oono
Published 2015 in Japan by
HAYAKAWA PUBLISHING, INC.
This book is published in Japan by
direct arrangement with
BARBARA AND TOMASZ LEM.

# 泰平ヨンの未来学会議〔改訳版〕

◇

第八回世界未来学会議はコスタリカで開かれた。実を言うと、君以外に適任者がいないと言ったのがタラントガ教授でなかったら、ノウナスまで出かけはしなかったろう。かれはまた、あてこするように、近頃なら宇宙旅行も地球の問題から逃げる手段の一つだとも言った。かれに言わせると、要するに最悪の事態が起こったとして、誰かさんが留守であれば、皆が希望を求めて宇宙に飛び出していくとのことだ。たしかに、そう言われてみれば、私が帰航してくるとき、ことにそれが長い航宙の場合、地球が焼いたじゃが芋に似ていないかどうかが気がかりで舷窓《げんそう》をのぞいてみたことが何度もある。したがって、その点に関してはあまり反論しなかったのだが、未来学のことなんてまるで知らないとだけは言った。すると、だれだってポンプの原理は知らないが、「おい、ポンプだ!」と怒鳴られたら、行かない奴はいないという返事が来た。

未来学協会の理事会が、会議の開催地にコスタリカを選んだ理由は、人口の激増とその阻止がおもに討議されることになっているためで、今のところ世界最高の人口増加率を誇っているのが、ほかでもないコスタリカなのだ。そういう現実の姿が圧力になって討議が効果的に進むかもしれないとのことだ。とはいえ、皮肉屋が言うには、ノウナスの新しいヒルトン・ホテルで間に合ってくれないと、未来学者のほかにも、かなりの報道関係者が来るだろうからと。だが、そのホテルは会期中に跡かたもなく壊れてしまったので、宣伝に利用していると貶すこともなく、ヒルトンは実にすばらしいホテルだったと言える。それというのも、私は徹底した悦楽主義者であり、快適な暮らしを捨てて宇宙の旅へと駆り立てるのは義務感だけなので、この言葉の意味は重い。

コスタリカ・ヒルトンは、平らな四階建ての上に、百六階のビルがそびえ立っていた。その低いほうの建物の屋上には、テニスコートやプール、日光浴室、競馬場、ルーレットの代わりとしても使える回転木馬、射撃場(ここでは、だれだろうと望む相手を——と言っても人形だが——射ち殺すことができる。特に注文があれば、二十四時間前に言っておけば作っておいてくれる)、さらに円形野外音楽堂まであり、聴衆が暴れた場合のために催涙ガスの噴霧器まであった。私は百階の部屋をあてがわれたが、そこからは都市を包んでいるスモッグの青味がかった茶色っぽい雲の表面しか見えなかった。いくつかのホテルの備品は私を驚かせた。三メートルほどはある鉄の棒が、翡翠色の浴室の隅に立てかけてあったり、その他にもクローゼットにカーキ色の偽装用ケープが、さらにはベッドの下には乾パンの袋が置かれていた。浴槽の上には、タオルの隣に、普通は登山に使う太いロープの束が吊るされていて、さらに三重の強力円筒錠を開ける時に気がついていたのだが、ドアに札がかかっていて、『この部屋に**爆弾**がないことを保証します。ヒルトン・ホテル支配人』と書かれていた。

すでに常識だが、近頃の学者は、書斎派と逍遥《しょうよう》派にわかれている。書斎派は伝統的な方法で研究をおこなっているのだが、逍遥派の面々は、休むことなくありとあらゆる国際会議や学会に顔をだす。後者を見分けるのは簡単で、自分の名前と肩書を書いた小さな名札を襟の折り返しにつけ、ポケットに旅客機の時刻表を差し込み、ベルトのバックル——同じくブリーフケースの留金《とめがね》も——プラスチック製で金属を使っていないのだが、これらは飛行機に搭乗する際、武器類を探知するスキャナーの警報を不必要に鳴らさせないためだ。逍遥派の学者は、バスや待合室、飛行機、ホテルのバーでも専門書を読んでいる。理由ははっきりしているのだが、私はここ数年に現われた地球文化の風変わりな習慣をあまり知らず、六本の歯に詰めた金属《アマルガム》で、バンコクやアテネ、それにコスタリカの空港でさえ警報を鳴らしてしまった。だから、ノウナスに着いたらすぐ磁器に入れ替えてもらうつもりだったが、予期しないことが起こってそれどころではなくなってしまった。ところで登山用ロープや鉄の棒、乾パン、迷彩ケープのことだが、アメリカ未来学者代表団の一人が、近頃のホテルは、以前にはなかった予防措置をとるようになったのだと、早い時期から根気よく説明してくれた。部屋にそういう物が備えつけてあるからこそ、宿泊客の寿命が伸びるのだそうだ。しかし、私は愚かにも真面目にうけとらなかった。

会議は、第一日目の午後からはじまる予定で、朝のうちに会議資料一式を受け取ったのだが、資料は綺麗に印刷された上品な装丁で、図表やイラストが大量に掲載されていた。特に目を惹かれたのは、青味がかった光沢のある回数券の冊子で、〈交尾一回〉と印刷されていた。最近の学術会議では、言うまでもなく、爆発的な人口増加に音をあげていた。未来学者の数が、人口増加と同じ比率で増大したため、会議は出席者であふれ、混乱が起きていた。研究の口頭発表などは論外なので、あらかじめ論文を読んでおかなければならなかった。とは言え、その朝は、そんなことをしている暇はなかった——主催者側がわれわれにワインを振舞ったからだ。そのささやかな祝宴は、合衆国の代表団が腐ったトマトを投げつけられるという出来事を除けば、無事に終わった。私はその酒の席でUPIの有名な特派員、ジム・スタンターから、その日の明け方、コスタリカにあるアメリカ大使館の領事と三等事務官が誘拐されたという話を聞いた。過激派の誘拐犯たちは、その外交官たちを自由にする代わりに、政治犯を釈放しろと要求してきた。そして、自分たちが本気であることを示そうと、大使館や政府機関に人質の歯を一本ずつ送りつけ、体の他の部分まで行うと通告してきた。とはいえ、こんな残念なことがあっても心地よい雰囲気が損なわれることはなかった。合衆国大使本人がそこにいて、国際協力の必要性に関する短いスピーチをしたのだが、私たちに銃口を向けている六人の屈強な私服警官に取り巻かれていては短くもなる。私の隣に立っていた肌の浅黒いインドの代表が洟をぬぐうためにハンカチを出そうとポケットに手をのばしたときは、正直面食らった。あとで未来学会議の公式スタッフから、あれは必要かつ人道的な方法だと説明されて納得がいった。ボディガードは、もっぱら口径は大きいが貫通力の弱い銃を使っていて、旅客機に乗っている保安要員も同じで、無関係な者が傷つくようなことは起こらない。以前ならテロリストを射ち殺した弾丸が、うしろに座っている罪もない乗客を五人も六人も貫通するということがしばしば起こっていた。とは言え、足許に集中砲火をあびた人間が転がる様は概して楽しいものでもない。たとえ単なる誤解がもとで、後に外交文書が取りかわされ、公式に謝罪がなされるにしてもだ。

それはともかく、その人道的な弾道学の領域を考察してみせるよりも、その日は、なぜ会議の資料を理解する時間がなかったかのかをはっきりさせておくべきだろう。血痕が飛び散ったシャツを急いで着替え、普段とは違って、ホテルのバーへ朝食を摂りに行った。朝はいつも半熟卵しか食べないのだが、不愉快なまでに冷まさずに部屋まで届けてくれるほどホテルは出来上がっていなかった。それは間違いなく、首都のホテルの規模がとどまることなく大きくなっていっているためだった。調理室から部屋までの距離が一・五マイルもあるとなると、どうやっても黄身をあたたかいままにしておけるわけがない。私が知るかぎり、ヒルトンの専門家がこの問題を研究し、唯一の策は食事搬送用エレベーターを超音速で動かすしかないという結論を出したが、これでは明らかにソニックブームが閉ざされた建物の空間の中で、人の鼓膜を破ってしまう。もちろん、給仕ロボットに生卵を部屋へとどけさせ、自動的に客室で半熟卵にすることはできるが、そうなると常時にわたって宿泊客が自分の鶏小屋を持ち運ぶことになる。そのようなわけで私はバーに出向いた。宿泊客の九割五分が、大会なりや会議なりの出席者たちだった。一人旅の宿泊客は襟の折り返しに名札をつけていないし、会議の書類でふくれあがったブリーフケースも持っていないので見ればすぐにわかるのだが、砂漠で真珠をさがすほうがましなくらいに少なかった。ちょうどそのとき、コスタリカでは我々の会議のほか、《虎》派青年抗議者協議会や解放文学出版社会議、マッチラベル収集家協会大会が開催されていた。普通、こうした団体には同じ階の部屋を割り当てるものだ。ところが、ホテルの経営者側が敬意を表するつもりで、私だけが百階の部屋を割り当てられた。つまりその階だけにシュロの茂みがあり、そこで全員が女性のオーケストラがバッハを演奏し、その間に見事な演出のストリップショーが行われていた。私はそんなものなどいらないのだが、残念ながら他に空き部屋がないというので、やむなく割り当てられた部屋に滞在するしかなかった。やっとのことで同階にあるバーの椅子に腰掛けたら、漆黒の髭を生やし（髭から先週一週間分のメニューが全部読みとれた）、いかつい肩をした隣の席の男が、背中に吊していた安全装置がかかっている重そうな二連装銃を私の鼻先に突きつけ、下卑た薄ら笑いをうかべ、このローマ法王狙撃銃をどう思うかと聞いてきた。私には何のことなのかまるでわからなかったのだが、そういうことには同意しないほうが良いとわかっていた。このような場合の対応は沈黙にかぎる。と思ったら、すぐに自分から、その高い威力を持った二連狙撃銃には、レーザー照準器やトリプルアクションの引き金、自動装填装置がとりつけてあり、ローマ法王の狙撃専用に作られていると打ち明けてきた。男は続けて、ポケットから折りたたんだ一枚の写真をとりだして見せた。標的である法衣と帽子《ズケット》をまとったマネキンに狙いをつけているそいつが写っていた。そいつが言うには、自分は十分に射撃の腕をあげたから、サン・ピエトロ大聖堂《バシリカ》にいるローマ法王を射ち殺すためローマへ偉大なる巡礼に旅立つところなのだそうだ。私はそんな話など信じてはいなかったのだが、男は喋り続けながら、航空券や予約表、旅行者用ミサ書、アメリカ人カソリック教徒用巡礼行程表、それに弾丸に十字の刻みをいれた実弾の箱まで私に見せた。そいつは節約するために片道切符しか買っていなかったのだが、つまり激怒にかられた巡礼者たちにズタズタに引き裂かれると考えていたからだ。そう期待するだけで、男は体が震えるほど嬉しいらしい。私はすぐに、こいつは精神異常者か、近頃はまるで見かけなくなったプロの狂信的テロリストだと判断したが、それは間違いだった。息つぐまもなく話し続け、銃が床に滑り落ちたので、高いスツールから降りつつ打ち明けた話によると、男はまさに敬虔かつ高潔なカソリック教徒であり、作戦を練って（〈**ホ**作戦〉と呼んでいた）、我と我が身を犠牲にして人類の良心に揺さぶりをかけようとしていて、ここまで出外れたもの以上に強烈な衝撃があるだろうか？　と。聖書にあるようにアブラハムがイサクにやったのと同じことをするというのだ。ただ、かれが殺す相手は息子ではなく父であるところがあべこべではある。しかもおまけに、父《ファザー》は父《ファザー》ではなく神父《ファザー》だった。つまり、まさにそうすることで、クリスチャンだからこそ決断ができる最高の殉死がとげられるという。「あー」と、私は思った

「変に開眼《かいげん》した狂信者が多すぎる」。そういう痛烈な弾劾演説《フィリピック》を聞かされても納得できないので、法王を救いに――つまり、その計画をだれかに知らせにでかけた。ところが、七十七階のバーで出くわしたスタンターは、話を終わりまで聞かず、アメリカ人信者の巡礼団が最近、ハドリアヌス十一世に献納した供物の中に、時限爆弾が二個と、聖餐用ワインの代わりにニトログリセリンが詰まっている樽がまじっていたと話してくれた。かれがどうしてそういう冷淡な態度をとるのかまるでわからなかったが、たったいま過激派のテロリストが、今のところまだ誰のものともわかっていない足を一本大使館へ送りつけてきたと聞いて、かれの気持がよくわかった。ところが、話の途中で、かれに電話がかかってきた。ローマ通り《アヴェニダ》でだれかが抗議の焼身自殺をしたらしい。七十七階のそのバーを支配している雰囲気は、私がいた上の階とはまるでちがっていた。ここには、腰までしかない網目のドレスを着て、なかには腰にサーベルを吊した素足の娘たちがいっぱいいた。中には最新の流行に沿って首の鎖や、鋲を打ちつけた首環にくりつけた長いお下げ髪をした子もいた。彼女たちが、ラベルの収集家なのか、〈解放文学出版社会議〉の秘書なのか、それはわからなかったが、周りに見せているカラー写真からすると、どうも後者らしい。私は、仲間の未来学著者たちが滞在してる九階へ降り、そこのバーで〈フランス・プレス社《A・F・P》〉のアルフォンス・ムーヴァンと一、二杯やった。そして、これで最後にしようと思いつつ、もう一度法王の救助を試みてみた。ところがモーヴァンは私の話を平然と聞き、ただ、こうつぶやいただけだった――先月、あるオーストラリア人がヴァチカンで発砲騒ぎをひきおこした。もっとも思想的立場はまるっきり違っていたが、と。モーヴァンは自分の通信社のために、マヌエル・ピルフロとかいう人物から興味あるインタビューをとりたがっていた。ピルフロは、FBIやフランス警察庁《シュレテ》、インターポール、その他さまざまな警察組織から手配されている男だった。というのも、そいつが新しい形の業務提供を行なう会社を設立したのだ。そいつは、爆発物によって国家を転覆する特殊技術のコンサルタント（〈爆破博士〉という名前で知られていた）になったのだ。実際、ピルフロは、その無思想ぶりな仕事を誇りにしていたと言う。そのとき、マシンガンの連射でびっしり穴をあけられた、薄いナイトガウンのようなものを身にまとった赤毛の美しい娘が、私たちの席に近づいてきたのだが、その女は過激派の使いで、記者を連中の本部へ案内することになっていた。彼女の後についてムーヴァンが席に来て、ピルフロの宣伝チラシを一枚くれたので、それを読んで、いまこそダイナマイトとメリニット（ピクリン酸を含む強力な爆薬）や、雷酸塩水銀とビックフォード式導火線の区別もつかない、無責任なド素人の愚かな行動に終止符を打つべきときだということがわかった。高度に専門化されたこの時代においては、みずから手をくだしてやることはなにもなく、良心的な専門家の職業倫理と知識にまかせればいいのだ。チラシの裏には、世界で最も発達した文明諸国の通貨に換算した業務価格表が印刷してあった。

未来学者たちがバーへ集まりはじめたそのとき、参加者の一人であるマシケナス博士がまっさおになって駆けこんで来て、震えながら「部屋に時限爆弾が仕掛けられている」と叫んだ。どうやらそんな事態に慣れているらしいバーテンダーは、無意識に「伏せろ!」と怒鳴り、カウンターの下へ潜り込んだ。だが、ホテルの警備員がすぐに調べたところ、同僚のだれかがマシケナスへの悪ふざけで、ビスケットの箱に目覚し時計を入れたことがわかった。たぶん英国人によるものだろう――こういう悪ふざけで喜ぶのは彼らくらいだ――だが、J・スタンターと、同じくUPIの特派員であるJ・G・ハウラーが、誘拐された外交官の件で合衆国政府がコスタリカ共和国政府に手渡した覚書のテキストを持って入ってきたので、そんな騒ぎは忘れてしまった。それは、いつものように外交文書のめんどうくさい表現で、つかみどころがなかった。ジムの話では、市当局は思いきった手段に訴えるつもりらしい。当市を牛耳っているアポロン・ディアス将軍は、暴力には暴力でもって応えようという〈鷹派〉の意見に傾いていたのだ。議会に(政府は中断することなく審議を続けていた)反撃に転じるべきだという案が提出された――つまり、過激派が釈放を要求している国事犯たちから、二倍の本数の歯を抜きとり、連中の司令部の住所がわからないのなら、その歯を局留めでやつらに送りつけてやるべきだというのだ。〈ニューヨーク・タイムズ〉の空輸版では、シュルツバーガーが人間の良識と質の高い協力を訴えていた。スタンターがこっそり教えてくれた話だと、政府はアメリカ合衆国の財産である秘密軍事物資を積載してコスタリカ共和国領内を通過しペルーに向かっていた列車を徴発したとのことだった。どういうわけかそれまでのところ、過激派の連中は未来学者を誘拐することなど思いつかなかった。やつらの観点からすれば、それは馬鹿げた考えではないはずだ。なぜなら目下コスタリカには外交官より未来学者のほうがたくさんいるのだ。だが、百階建てのホテルともなると、他の世界から隔離された巨大で快適なひとつの有機体のようなものなので、外部から入ってくるニュースは、地球の別の半球から送られてくるかのようだった。いまのところ未来学者たちはだれもパニックに陥っておらず、ヒルトンのトラベル・カウンターへ、合衆国やその他の地へ向かう便の予約に泊まり客が殺到するというような事態にはいたっていなかった。公式の開会の宴は二時からで、私はまだ正装に着替えていなかったので慌てて部屋へと戻り、身支度をして四十六階にある〈紫の間〉に降りた。ロビーで、トップレスの緩やかなドレスを身にまとい、胸に勿忘草《わすれなぐさ》と雪片の刺青《いれずみ》をしたすごくかわいい女の子が二人近づいてきて、きれいなパンフレットを渡してくれた。それには目を通さず広間へ入ったら、まだだれも来ていなかったのだが、私はテーブルの上のものに目をみはった。すごく豪華に広げられているわけではなく、オードブルの皿、パテの盛り付け、さらにはサラダですら、すべてが生殖器の形になっていたからだ。それは目の錯覚などではなく、こっそりとささやくようにスピーカーから、ある種の仲間たちのあいだで流行っている、次のような歌詞で始まる流行歌が流れていたからだ。「生殖器を見下す奴は単なるバカだ、この頃はアレを飾って見せることが格好いいんだぜ！」

宴会の出席著たちが姿を見せはじめた。濃いあごひげの男や頬ひげを生やしまくっている男で——もっともどちらかと言えば若い連中だった——パジャマ姿か、あるいはそれすら着ていなかった。女の子たちが六人、ケーキを持って入ってきたが、そのデザートがとてつもなく卑猥な形をしているのを見て、すでに疑う余地はなかった。うっかり間違えて解放文学の宴会場に入ってしまったのだ。秘書が見つからないと言い繕うと、急いで抜け出し、一階下へ降りたら自分の会場だったので安心した。〈紫の間〉（今まででいたのは〈藤の間〉だった）はすでにいっぱいだった。宴会はあまりにも質素だったため失望したが、つとめて態度に出さないようにした。料理は冷えていて、座る場所もなく、食事をしにくくするために広い部屋から椅子の類はことごとく運びだしてあったため、こういう場合では常識となっている敏捷さを発揮しなくてはならず、特にうまい料理を取ろうと思ったらありえない程の人混みに入らなければならない。未来学協会コスタリカ支部代表のセニョール・クイローネが、満面の笑みをたたえ、今回は会議の議題が人類に差し迫っている悲惨な飢饉《ききん》である事を考慮すれば、いかなるものであっても、潤沢という名の贅沢は場違いであると説明した。もちろん懐疑派は、協会への助成金が削減されたにちがいない、それしか、かくも極端な質素ぶりは説明できないと言っていた。職業上、辛抱強さが求められるジャーナリストたちは、人のあいだを駆けまわって、外国の予知学の権威をつかまえて簡単な取材を行っていた。アメリカ合衆国大使の代理として姿を見せたのは、一団のボディガードを引きつれた三等秘書官にすぎなかった。スモーキング・ジャケット（タキシード）を着用しているのはかれだけで、たぶんパジャマの下には防弾ベストが隠しにくいためだろう。市内から来た客全員をホールで身体検査したら、おびただしい量の銃器で山になったと聞いた。本会議がはじまるのは五時からなので、自分の部屋で一息いれる時間は十分にあるため、私は百階へと戻った。塩分過剰のサラダのせいでひどくのどが渇いていたが、この階のバーは抗議・ダイナマイト派が仲間の女の子を連れて占領しており、なにしろ髭面の法王制信奉者（または反法王制信奉者）と話をしただけで十分だったので、風呂場の蛇口でコップに水を一杯くんだ。次の瞬間には風呂場とふたつの部屋の明かりが消え、いくらどこへダイヤルを回しても電話はシンデレラ姫の童話の自動再生につながってしまった。エレベーターで階下へ降りようともしたが、それも動いていなかった。抗議派の連中が歌を合唱しながら曲の調子に合わせて拳銃を撃っていたから、弾が当たらないよう願わずにはいられなかった。こんなことが最高級ホテルで起こっているにもかかわらず、ホテル側は咎め立てることもしないのだが、それよりも驚いたのは、私自身の反応だった。私の気分はといえば、法王の暗殺を企てている男と話をしてから、どちらかといえば不機嫌だったのだが、今は気分が徐々に晴れてきた。部屋の中で暗闇の中を手探りで動き、家具をひっくり返し、なおかつ膝をトランクにぶつけても、全人類にたいする私の寛大な気持は全くひるまなかった。ナイトテーブルの上に載っている、部屋に届けさせたブランチの残りが手に触れたので、会議の資料類から引き裂いた紙切れをバターの中に突っこんだ。そしてマッチで火を点けると、たしかに煙はでるものの松明《たいまつ》代わりにはなるので、それを明かりにして肘掛椅子に腰をおろした。なにしろ、階段を歩いて降りるのに（エレベーターが動いていないのだから）一時間かかることを考えても、二時間は時間を潰さなくてはない。落ち着いていた気持が動揺し、変化しはじめていた。だが、私はそうした気持の動きを大いに興味をもって観察していた。それを完全に楽しんでいた。その事態を説明するための論拠を挙げろと言われたとしても、いくらだって挙げられる。まじめな話、真の闇に沈み、バターと紙の松明から出る悪臭と煙がたちこめ、完全に外界から切り離され、電話は童話しか話さないヒルトンのその客室が、想像しうるかぎりで世界最高のすばらしい場所のように思えた。おまけに、だれでもいいから最初に会った人の頭を撫でるか、せめて手を握りしめ、心をこめて相手の目をじっと見つめたいという抑えきれない願望を感じていた。

どんなに手強い敵だろうと、抱きしめて両頰にキスをしたかもしれない。バターは溶けて弾け、煙をあげてたえず消えかかった。〈バターがバタンキュー〉などという駄洒落を思いついて笑いの発作に襲われた。紙の松明が消えそうになるたびにまたマッチを擦《す》って芯に火をつけ、指を焦がしているというのに、だ。バターの炎が今にも消えそうにゆらいでいた。だが私は、古いオペレッタのアリアを小声で口ずさみ、悪臭で息がつまり、煙で眼から涙が流れるのもまるで気にしていなかった。立ちあがろうとして、トランクにつまずき、体を床にたたきつけ、額に卵ぐらいのこぶができたが、それすら、私の気分をさらに浮きたたせたにすぎない（それ以上は望めないほど上機嫌になった）。ひどい悪臭を放つ煙にまかれて窒息しかかっているというのに、くすくす笑っていた。それでもまだ愉快な高揚した気分はまるで変わっていなかったのだ。正午をとうに回っているというのに、私は、朝から敷きっぱなしになって乱れているベッドに這いあがった。そういう手抜きをやる怠慢なメイドのことを、まるで自分の子供ででもあるかのように考えていた。つまり、甘い猫撫で声や優しいことば以外は、まるっきり頭に思いうかんでこなかったのだ。かりにこのまま窒息してしまっても、これこそまさに人が望みうる最高に甘美で、気持のよい死だ、という思いが頭をかすめた。そんなことを認めるなど私の性格と矛盾しているので、それを口にしたとたん、ショックをうけて正気に返った。私の心の中で驚くべき分裂が起こった。魂は今までどおり、冷静で透明なやさしさ、言うなれば一種の、万人にたいする普遍的な好意に満たされていた。ところが手は、相手かまわずだれでもいいから愛撫したくてたまらず、人がそばにいないので、優しく自分の頰を撫でたり、いたずらっぽく耳たぶを引っぱったりしはじめた。そして、しっかりと握手をするために、何度も右手を左手に押しつけた。足までが身を震わせて愛撫しあうほどだった。だが、そういうことをしていながら、私の心の奥のほうでは警戒信号が点滅していたのだ――これはどこか間違っている！――私の中のどこか遠くでかすかな声が叫んでいた――注意しろ、ヨン、油断するな、警戒するんだ！ここの空気は何か間違っている！さあ、今だ！どうした、急げ！起きろ！煙と煤《すす》で涙を流し、額にこぶをこしらえ、普遍的好意を心に抱いているオナシスかなんかのようにのんびりしているんじゃない！不穏なことが起こっているぞ――その声が聞こえているというのに、私は身動《みじろ》ぎひとつしなかった。おまけにのどが渇いていた。心臓はさっきから高鳴っていた。だがそれがにわかに目覚めた博愛のせいだと言うつもりはない。私はバスルームへ立った、ひどく水が飲みたくなったからだ。塩の効きすぎたサラダのことを、と言うよりは、あのひどいオードブルのことを考えた。だがそのあとで、試したJ・WやH・C・M、M・Wといった連中、それ以外にも私の最悪の敵のことを想いうかべてみたところ、心をこめて握手をし抱き合ってキスをして、兄弟のように、ほんの数言を話すだけでたがいに心が通じあうことを望んでいる以外には、どんな感情もいだいていないことがはっきりした。それこそ正真正銘の警報だった。片手をニッケルの蛇口にかけ、もう一方の手に空《から》のコップを持ったまま、凍りついたように体がこわばった。ゆっくりと水をコップに注いだ。そして奇妙な痙攣《けいれん》が起こっている顔をゆがめながら——自分の表情が鏡の中で闘っているのが映っていたのだ——水を捨てた。

そうだ、水道の水だ。この水を飲んでからだ、私の中であの変化がはじまったのは。あの中になにか入っていたにちがいない！　毒なのか？　だがいちどもそんな話は聞いたことがなかったし、もしそれが……いや待て。こう見えても私は学術誌の定期購読者だ。〈科学新報〉誌の最新号に、いわゆるラブタミン（慈愛覚醒剤）系の、脳に抽象的な歓喜と落ち着きを呼び起こす幻覚剤の新薬に関する論文が載っていた。そうだ、あれにちがいない！　目の前にその論文が思いうかんだ。快楽剤、多幸剤、陶酔剤、至福剤、感情移入剤、恍惚剤、鷹揚剤など、それに類したおびただしいドラッグだ！　それと同時に、水酸基系の薬をアミノ酸で置き換えれば、それから、憤怒剤、反目離反剤、加虐性歓喜剤、鞭推《べんすい》剤、虐待亢進剤、挫折惹起剤、落花狼藉剤や、それ以外にもさらに多くの鞭殺亢進剤系の中の狂暴性を増幅する興奮剤が合成できるのだ（これらの薬品を服用すると、周囲にあるものを、生命があろうとなかろうと関係なく、鞭でひっぱたいたり愚弄するという傾向があるのだ――その場合いちばん強力な効果があるのは、埋腐剤と焚殺剤のはずだった）。

　電話のベルで思考が中断され、それと同時に明かりが点いた。フロントの副支配人からかかってきたのだ。へりくだった丁重な声で事故が起こったことをわび、正常に復したと言った。廊下へ出るドアを開けて部屋の空気を入れ替えた。気がついてみると、ホテルの中は静寂が支配していた。どういうわけか頭がくらくらし、まだ祝福と抱擁を交わしたいという抑えられない願望に満たされていた。ドアにカギをかけると部屋の中央に座って自分と闘いはじめた。そのときの状態を言い表してみろと言われても、非常にむつかしい。さっきと同じようにどうしても明晰には考えられなかった。批判的な内省のひとつひとつが、蜜の中に沈みこんだようで、卵黄と砂糖をまぜたラム酒のようにどろどろした自己満足に包みこまれており、そこから、人のいい感情のシロップがしたたり落ち、私の心はまるで薔薇油や砂糖の衣に溺れているように、考えられるなかでいちばん甘い沼の中に沈みこんでいくようだった。そこで、意識を集中し、自分にとっていちばんいやなことや、対法王二連銃を持ったひげ面の男、頽廃した解放文学の出版社、連中のバビロニア＝ソドムばりの大狂宴、さらにはW・CとかJ・C・M、A・Kといったその他大勢のクズや放蕩者のことだけを考えた。それは、自分があらゆる人間を愛し、相手がだれであろうとすべてを許すことを確認して、ふるえあがるためだった。ところが、たちまちどんな悪や忌まわしい行為であろうとも、それを弁護する論証を思いついてしまった。身近な人間にたいする愛情が洪水のように私を襲い、頭が割れそうになった。だが、特に私を不安にしたのは、〈善にたいする渇望〉ということばに示されるようなことだった。幻覚作用のある毒物のことを考える代わり、できればよろこんで面倒を見たいと思っている未亡人さんや孤児のことをけんめいに考えていた。これまでかれらに対してあまり注意を払わなかったことについて驚きがつのってくるのを感じた。それに、貧乏人や飢えている人、病人、チンピラにたいしてもだ。なんてことだ！　気がついてみると、私はトランクの前でひざまずき、中身をそっくり床の上にぶちまけ、少しでもましなものを探していた。それを必要としている人にめぐんでやるためだ。そのときふたたび、私の潜在意識のなかで、警告を伝える声がかすかにした――気をつけろ！　欺されるな！　闘え！　かみつけ！　突き刺せ！　自分を救え！――自分の中でかすかにではあったがはっきりと叫んでいた。無残にも自分がふたつに引き裂かれているのを感じた。不意に、至上命令のような強烈な衝動を感じた。こうなっては蠅一匹殺せないかもしれない。いや、残念なことに、ヒルトンには鼠どころか蜘蛛すらいない。もし、いたなら、そいつらを着飾らせて、思いっきり可愛がってやる――ああ、蠅、南京虫、鼠、蚊、シラミ――なんていとしいチビさんたちだ！　さらに、片方では机やランプや自分の足をも賛美していた。だが、たとえわずかではあるにせよ、理性はまだ私を完全に見限ってはいなかった。だから、無意識に左手で右手を、と言うことは祝福を与えているほうの手を、私があまりの痛さにその手をひっこめるまで叩きつづけた。それも悪くはなかった！　結局、それが救いになるかもしれないからだ！　幸いにして、良いことをしたいという強烈な願望は、遠心分離機のような性質をもっている。言い換えると、さらに自分をいじめ抜きたかった。手始めに、自分と自分の口を二回殴りつけると、痛みで目がくらんだ。よし、この調子だ、もっとやれ！　顔の感覚がまったくなくなってしまうと、こんどは踝《くるぶし》を蹴りはじめた。幸いにも、底がやけに固い、重い靴をはいていた。狂暴な足蹴をくらわせるという乱暴な治療を終えたとたん、たちまちいちだんと気分がよくなった――と言うことはさらに気分が悪くなったということだ。そこで試しに、J・C・A氏も同じように蹴とばしてやったら、どうなるか慎重に考えてみた。そんなことをするなんてもはやまったく論外だった。両足の踝がとびあがるほど痛んだし、そうした自己虐待のおかげで狙いすましてM・Wに一撃を加えることさえ想像できた。耐えがたい痛みは無視して、さらに蹴りつづけた。先がとがったものならなんだって効果があるから、フォークや、さらには、もう着ないシャツから抜きとった飾りピンまで使った。ところが順調にはいかなかった。と言うより気持が動揺したのだ。だがすぐにまた、いちだんとすぐれたことのために己を責め苛《さいな》む覚悟ができ、ふたたび私の中でいっそう高貴で、名誉ある情熱の間欠泉が噴きあげた。だが、疑う余地はない――やはり水道の水の中になにかまじっていたのだ。絶対にまちがいない!!! 前からトランクに入っているが、まだ手をつけていない睡眠薬のことを思いだした。その薬を飲むと、きまって憂鬱《ゆううつ》で攻撃的な気分になるから使わないことにしていたのだ。だが幸いなことに、持ち歩いていた。煤けたバターにくるんで錠剤を飲みくだした（水はペスト菌のごとく避けたい）。つぎに、睡眠薬の効果を中和させるため、カフェインを二錠むりやり飲みこんで、肘掛椅子に座ると、恐怖と無限の愛を感じながら、自分の体の中で起こる化学的葛藤の結果を待った。愛がますます力を増し、いまだかつてないほど寛《くつろ》いだ気持になった。どうやら悪の化学薬品が終局的には善の薬を圧倒しはじめたらしい。もともと慈悲深い行動をとる覚悟はできていたが、いまやなんの躊躇《ちゅうちょ》もなかった。たしかに、たとえいっときにしろ、とにかくどうしようもなく救いがたい悪党になろうとしていたらしい。

どうやらそんな状態が十五分は続いたようだ。シャワーを浴び、けばだったタオルで体をこすり、とにかく大事をとってときどき顔を叩き、傷ついた踝と指に絆創膏《ばんそうこう》を貼り（実際にあの試練が続いていたとき、ひどく自分をいためつけたのだ）、新しいシャツとスーツを身につけて、鏡の前でネクタイを直し、フロックコートを正した。そして出かける前にしっかりとし、それをたしかめる意味で、肋骨の下あたりにパンチを一発入れた。廊下にでるとちょうどいい時間だった。と言うのは、間もなく五時になるところだったからだ。予想に反して、ホテルでは何の異常も起きていなかった。その階のバーをのぞいてみたが、ほとんど人がいなかった。法王暗殺計画者がテーブルによりかかっていた。二組の足がカウンターの下から突きだしていたが、一組は裸足だった。だが、どう見てもそれをまともに解釈することは絶対に無理だった。ダイナマイト派の別の男女一組は壁ぎわでトランプをやっており、もう一組はギターをかき鳴らしながら、流行歌をうたっていた。階下のホールは未来学者たちでごったがえしていた。つまり全員が会議の開会式にでてきたからだ。ホテルの建物の下のほうの階がそっくり開会式のために借りきってあったから、ヒルトンを離れる必要はなかったのだ。最初はショックをうけたが、よく考えてみれば、こういうホテルの宿泊客は水道の水など飲みはしない。のどが渇けばコーラかシュワップスを飲むし、やむをえないときは、ジュースか紅茶か、さもなければビールですます。クラブソーダやその他のボトル飲料も利用される。かりにうっかり私の二の舞となった者がいたとすれば、いまごろはきっと鍵がかかった部屋で四面の壁にかこまれて、普遍的愛の発作に身を焦がしているにちがいない。そういうことは、たとえそれが自分で体験したことであっても口にしないほうがいいと結論した。つまり、私はここでは部外者だから、信じてもらえないだろうし、精神錯乱を起こしたか幻覚を見たのだと思われるのが関の山だったからだ。人を麻薬中毒患者の傾向があると疑うくらい手っとり早い方法がほかにあるだろうか？

のちになって、私が三猿主義というか自己欺瞞的な逃避主義というか、そういう態度をとったことで責められた。私が一切を明らかにしていたら、あんな惨事にはいたらなかったかもしれないというのだ。だが、そういうことを言うやつらは、結局のところ誤りを犯しているのだ。と言うのは、私にできたことといえば、せいぜいホテルの客に警告するくらいのことで、ヒルトンで起こったことは、コスタリカの政治的急変には何の影響も与えなかったはずだから。

会議場へ向かう途中、ホテルの売店でその地の新聞を全部買いこんだ。そうするのが私の習慣だったのだ。とはいえ、どこへ行っても行く先ざきで買うわけではないが、教育をうけた人間だったら、スペイン語が喋れなくとも、書いてあることの要点ぐらいはわかる。

演壇の上に飾りたてた板が吊りさがっており、その日討議される議題がそれに書いてあった。第一番目は世界的傾向にある都市の危機に関する問題で、第二は生態学的危機、第三は大気汚染による危機、第四はエネルギー危機、第五は食糧危機の問題だった。そのあとに、休憩がくることになっている。技術、軍事および政治的危機は、さまざまな当面の問題と一緒に翌日に持ち越すことになっていた。

発言者の持ち時間は四分で、それだけで論旨を要約しなくてはならなかった。だが六十四ヵ国から百九十八名が発言することになっていることを考えると、それでも長すぎる。議事の進行を早めるため、すべての報告書を会議前にあらかじめ自分の責任でよく研究しておかなければならなかったし、一方、報告者のほうはもっぱら数字だけで喋るのだ。つまりそうやって自分の研究の主な箇所を要約するわけだ。そうした貴重な内容の理解を助けるために、われわれは全員、めいめいの携帯用テープレコーダーかミニコンを使う——ついでに言えば、後者はあとで全部を接続して全体討議をすることになっていた。アメリカ代表のスタンリイ・ハゼルトンは、強調するあまり同じ数字を繰り返して会場にショックをあたえた——4、6、11、ここから22という結果が得られる。5、9、故に22だ。3、7、2、ふたたびそれからも22が導きだされるのだ！——だれかが立ちあがると、しかし5だ、あるいはことと次第によっては、6か18か4だ、と叫んだ。するとハゼルトンはたちまち打てば響くように反撃し、いずれにせよ22だということを説明した。私は、かれの報告書の中から番号を探しだし、その22という数字がこの世の終末を意味していることを知った。つぎに発言したのは日本から来たハヤカワで、かれの国で考案された、未来のビルディングの新しいモデルが提示された。それは、六百階建てで、産科病院や託児所、小学校、商店、博物館、動物園、劇場、スケート場、それに火葬場まで完備したビルだ。その計画は、物故者の屍灰を納める地下室や四十チャンネルのTV放送、酩酊房や酔い醒め小屋、グループセックス訓練所（これは計画立案者たちの進歩的主張のあらわれである）、社会に順応しない、サブカルチャー・グループ用の地下墓地をも考慮していた。どの家庭も毎日、これまでの住《すま》いから別の住いへ、いうなれば、チェスのポーンかナイトを動かすように部屋を取り替えるのが今時の考えかたであった。たしかにそれは退屈しのぎか、欲求不満の防止にはなるかもしれない。十七立方キロメートルの容積があり、土台が海の底で屋上が成層圏にまでとどくその建物は、特別に作られた結婚用コンピューターを備えていた。それは、被加虐淫乱症《サドマゾヒズム》の原理で男女を結びつける（サディストとマゾヒストが結婚すると、むしろ逆に固く結びついた、きわめて安定した夫婦関係を作る。それは、それぞれが夢見ていたものを、その結婚生活の中で発見するからだ）。また、そこには、自殺予防監視センターもあった。二人目の日本代表ハカヤワはそうした建物の——一万分の一スケールの模型を見せてくれた。それには予備の酸素が備えつけてあったが、水と食料の蓄えはなかった。閉鎖循環《リサイ》再《クル》生方式でその建物が設計されていたからだ。どんな廃棄物であろうと、臨終の床にある病人の汗や体からでる排泄物さえも無駄にしないで再生されるのだ。三人目の日本人であるヤハカワは、その建物全体の廃棄物から再生した珍味の食品リストを読みあげた。その中には人工バナナやジンジャークッキー、小海老、ロブスター、さらには、原料のことを考えるとつい不愉快な連想をするが、それにもかかわらず、味はシャンパーニュの最高級ワインにひけをとらない人工ワインまで含まれていた。会場には、優雅な瓶に詰めたその試供品が出ていたし、アルミ箔《はく》にくるんだパイもあったが、さすがにだれもワインに手をださなかった。パイもこっそりと椅子の下に突っこまれてしまった。もちろん、私もそうした。そのようなビルが強力な回転翼で飛ぶことができ、それで団体旅行が可能となるはずだったのだが、この案はつぶれてしまった。それは第一に、ざっと見積っただけでもそうした建物の建築費は九億にはなるはずだったし、第二に、そういう旅行には意味がなかったからだ。たとえ建物に出口が千ヵ所あり、そこに住んでいる連中がそれを全部利用したにしろ、かれらが全員そこから出ることはできない。なぜなら最後の一人が建物を離れる前に、それ以前に生まれた子供たちが大人に成長してしまうのだ。

日本人たちは、その計画がたいへん気にいっているようだった。かれらのあとに、アメリカ代表団のノーマン・ユーハスが発言し、爆発的に激増する人口を食いとめる七つの異なった対策を提案した。その方法とはつまり、広報活動と警察権力による禁欲、色情除去処置、強制的妻帯禁止、自慰奨励、男色の督励、およびそれに従わないものに関しては、去勢処置をとることだった。すべての夫婦は、三つの部門——つまり、交接、教育、非偏向部門で然るべき試験を受け子供を持つ権利を獲得しなくてはならない。非合法に出産した場合は処罰され、予謀および累犯は終身刑に処せられる。その報告には、折り込み、切り離しができるきれいな回数券の綴りがついており、あらかじめ会議資料として渡されていた。そこでハゼルトンとユーハスは、新しい職種として、つまり結婚監視官、婚姻阻止員、離婚促進委員、夫婦間介入官を設けるべきだと提案した。受胎することは、社会的に極めて有害であり、それを重大な違法行為と見なしている新しい刑法の法案が、ただちに採択された。その法案が通過するときに事件が起こった。傍聴席から会議場に火炎びん《モロトフ・カクテル》を投げこんだやつがいたのだ。緊急処理班が（ロビーにこっそり隠れて、配置されていた）、必要な処置をとり、保安隊員たちが手早く破壊された椅子や遺体に、愉快な美しい図柄を描きこんだシートをかけた。おそらく、あらゆる場合を想定していたにちがいない。報告の間合いを見て、その地の新聞に目を通してみることにした。そこに書かれているスペイン語は、十語のうち五語しか理解できなかったが、政府が機甲部隊を首都へ集結させ、全警察を非常警戒態勢に入らせて、非常事態宣言を発したということぐらいは読みとれた。壁の外では深刻な事態になっていることを理解している者は、私以外に会場にはだれもいないようだった。七時に休会に入り、全員が食事をとりにでた。もちろんそれはめいめいの個人負担だった。会場へもどる途中、官報『国家《ナシオン》』の特別号と、過激な野党の発行している夕刊を何種類か買った。スペイン語に苦労したが、それらの新聞を読んで呆れてしまった。国際的な愛情関係がつまりは普遍的幸福の保障であるという、底抜けに人のいい楽天的な論調にあふれた社説があるかと思えば、その隣には、血にまみれた弾圧を書きたてた記事や、これまた流血でもって鎮圧された過激派の暴動の記事が並んでいたのだ。このでたらめぶりは、その日ある記者は水道の水を飲み、別の記者は飲まなかったと考える以外説明のつけようがなかった。右翼の新聞社の連中はあまり水を飲まなかったことは言うまでもない。なぜなら、そういう新聞の編集者たちは、反対派の連中より給料が良く仕事をしながら景気づけに上等な酒を飲んでいるためだ。ところが、過激派は、高尚なスローガンとイデオロギーのためにいくらか禁欲主義的な傾向があるので、どんなにのどが渇いても水しか飲まない。コスタリカにはメルメノールの果汁を発酵させたクオルツピオというただ同然の安い酒があるというのにだ。

全員がふかふかした革の肘掛椅子に身を沈め、スイスのドリンゲンバウム教授が、スピーチの最初の数字を喋りはじめたとたん、異様な爆発音が聞こえてきた。建物がかすかではあるが土台から揺れ、窓ガラスが鳴りだしたが、楽天的な連中は大声で、これは地震にすぎないと言った。だが私としては、会議が始まったときからホテルの前でピケットを張っていた抗議派の教徒らしい一団がホテルへ爆竹を投げこんだのだと言いたいところだった。ところが、さらに強烈な炸裂音と轟音を聞くに及び、私の意見は変わった。つづいて、あの特徴あるマシンガンの連射音《スタッカート》も聞こえてきた。もはや疑問の余地はなかった。コスタリカ共和国は今や市街戦の段階に入っていたのだった。最初に会場から姿を消したのは、銃声を聞いたとたん衝動に駆られたように立ちあがった新聞記者たちだった。仕事にたいする義務感にかりたてられて、通りへとびだしていったのだ。だが、ドリンゲンバウム教授はしばらくすると、かなり厭世的《ペシミスティク》な論調で書かれた講義をまだ続けようとした。どれほど悲観的かというと、人肉を食うの《カニバリズム》が来たるべき文明の次の段階だと、かれは確信していたからだ。教授は、有名なアメリカ人たちの理論を引用していた。その理論によると、地球上のあらゆることがこれまでどおり進行すれば、ここ四百年の間に人類は光速で拡大する生きた球体になってしまうというのだ。ところが、また爆発が起こって、報告は中断してしまった。未来学者たちは右往左往して、会場から出はじめたが、ロビーで〈解放文学会議〉の参加者と入りまじってしまった。だが連中の姿を見れば、人口過剰の脅威などにはまるきり関心がないことを示している行為の真最中に戦争が勃発したことが歴然としていた。A・クノップ出版社の編集者たちのうしろで、秘書の女の子たちが（連中が丸裸だとはいえないが、肌に〝オップ・アート〟風の絵を描いている以外はまったくなにも身につけていなかった）、LSDとマリファナ、ヨヒンビン、アヘンの混ぜ物をつめた水パイプや水キセルを持っていた。聞いた話では、合衆国郵政大臣が、もっとみんなで近親相姦をやろうと呼びかけた印刷物を部下に命じて焼き捨てさせたと言って、〈解放文学〉の代表たちは大臣の人形を作り、それを焼いたということだ。今しもその連中がロビーに集まってきて、状況の深刻さを考えたら、不穏当な行ないをはじめた。連中のなかで公衆道徳を乱さなかったのは、すっかり疲れきってしまっているか、まだトリップ状態にあるやつだけだった。電話室から悲鳴が聞こえてきた。電話交換の女性が襲われているのだ。豹の毛皮を着て、ハシシの松明を手に持った布袋腹《ほてい》の男が、クロークの衣服掛けのあいだを走りまわって、そこの女たちを追いかけていた。フロントマネージャーたちがボーイの手を借りて、やっとのことで男をとり押さえた。中二階から私たちの頭上にカラー写真を一抱え投げつけたやつがいる。その写真には、人が淫欲に影響されると他人にどんなことまでするかとか、ほかにもたくさんの実例が詳細に写っていた。通りへ最初の戦車が姿を現わすと――窓からはっきりと見てとれた――恐怖にかられたラベル収集家や抗議派の連中がエレベーターから群れをなしてとびだしてきた。出版社の連中が持ちこんだ、だが今ではホテルの床を一面に覆っている例のパイやオードブルを踏みつけて、入ってきた連中が四方へ逃げ散った。怒り狂った水牛のように吠え、対法王銃の台尻で道を塞ぐやつをだれかれなくぶん殴りながら、群集を押しのけているのは、ひげ面の反法王主義者だった。これは自分の目で目撃したのだが、かれはホテルの外へ走りでると、かたわらを駆け抜けていく連中に物陰から銃火を浴びせかけたのだ。どうやらこのもっとも過激な思想を奉じている男にとって、結局、誰を撃とうとどうでもいいようだ。恐慌と淫乱の叫喚に満ちていたロビーが正真正銘の修羅場と化したのは、すさまじい音をたてて大きな窓ガラスがくだけ散ったときだった。顔見知りの記者たちを懸命に探していると、かれらが通りへとびだしていくのが目に入ったので、私もそのあとを追った。ヒルトンの中の空気はすでにあまりにも息苦しくなりすぎていたのだ。ホテルの軒下で、車寄せのコンクリートの縁に身を隠して、カメラマンが二人、あたりの光景を猛烈な勢いでフィルムに収めていた。もっともたいして意味のある場面はなかったが、最初に炎上するのが外国のナンバープレートをつけた車で、火の手や煙があがるのは、まずホテルの駐車場であるということがよくあるからだ。私のそばに立っていたＡＦＰのモーヴァンは、自分が〝Ｈｅｒｔｚ〟で借りて乗ってきたダッジが燃えあがるのを見て、手をすり合わせながらさも満足そうに声をあげて笑った。だが大半のアメリカ人記者にとってはそれどころではなかった。気がついてみると、炎上している自動車の火を消そうとしている連中がいた。それはほとんどが貧しい身なりをした老人たちで、近くの噴水からバケツで水を運んでいたのだ。私はそれを見て考え込まざるをえなかった。遠くの、〈救世主大通り〉と〈復活大通り〉が終わっているあたりで、警官のヘルメットが鈍い光を放っていた。だが、ホテルの前の広場も、それを取り囲む見事なシュロが生えている芝生も、そのときはまだまったく人影がなかった。老人たちは、年のせいで足がすっかり弱っているというのに、しゃがれ声を張りあげて、消火作業に熱中していた。そうした自己犠牲的な行為は私に強烈な印象をあたえた。だがそのときまったく唐突に、今朝体験したことを思い出し、すぐに自分の疑問をモーヴァンに話した。マシンガンの速射音と、鼓膜が破れそうな砲弾の炸裂音が邪魔になって喋りづらかった。しばらくはこっちの言っていることがさっぱりのみこめないでいることが、フランス人の考えこんでいる表情を見ていてわかった。だが不意に、かれは目を輝かせた。「そうか！」——かれはあたりの騒音を圧倒するような声で怒鳴った。「水だ！　水道の水だ、そうだろう？　歴史上はじめてだ、畜生！……化学水隠れだ！」そう言うと、針で刺されたようにとびあがってホテルに駆けこんだ。明らかにそれは電話をかけるためだった。しかしそれにしてもまだ電話が通じるというのは不可解だった。

私がまだそのまま車寄せのところに立っていると、スイスの未来学者、トロッテルライナー教授が寄ってきた。そのとき、もっと前に当然講じてしかるべき処置、つまり、黒いヘルメットをかぶり、防弾用の黒い胸当てをつけ、防毒マスクをし、手に武器を持った警官たちが、ヒルトンの建物全体に非常線を張り、野次馬を締めだしにかかった。連中が、市の劇場の建物とホテルの間にある公園のほうから流れこんでいたからだ。特殊部隊が手早く擲弾筒《てきだんとう》を組み立て、野次馬めがけて一斉射撃を行なった。妙なことに爆発は小さかった。だがその代わり、白っぽい煙が立ちのぼった。とっさに、催涙ガスだ、と思った。ところが、野次馬は逃げだしたり激しく苦しむどころか、明らかにその薄い靄《もや》のほうへ群がりはじめたのだ。叫び声がやみ、それにかわって讃美歌のような歌声がわき起こった。記者たちはカメラとテープレコーダーを持って非常線とホテルの玄関のあいだを右往左往し、いったいどうなっているのかさっぱりわからずとまどっていたが、私はとっくに見当がついていた。明らかに、警官はエアゾール状の鎮圧用化学薬品を使ったのだ。ところが、〈大通り〉のほうから――通りの名前は忘れてしまったが――別の一隊がやってきた。どうやらその連中はガス弾にやられなかったと見える。あるいはただそう見えただけかもしれない。と言うのも、あとで聞いた話では、その野次馬の一隊は、警官隊の非常線を突破するのではなく、かれらと兄弟の契りを結ぶために前進しつづけたというのだ。しかし、ああいう大混乱のなかでそういう微妙な違いがわかる者がはたしているだろうか？　擲弾筒の一斉射撃が起こり、水鉄砲がその独特の騒音と甲高い声でそれに応じ、ついにはマシンガンの連射音がひびき渡り、たちまちあたりの空気が弾丸のかなでる歌で満たされてしまった。もはや冗談を言っている場合ではなかった。私は、塹壕の胸壁のうしろにでも隠れるように、車寄せのコンクリートの縁のうしろへ転がりこんで、スタンターと〈ワシントン・ポスト〉のへーンズのあいだに割りこんだ。二人にかいつまんで例の話をした。ところが、私が、一面のトップを飾る第一級の秘密をＡＦＰの記者に渡してしまったと言って激怒した二人は、這うようにしてホテルに駆け戻っていった。だがすぐに顔にがっかりした表情をうかべて戻ってきた。電話が通じなかったからだ。しかしスタンターは、ホテルの守備を指揮している将校をつかまえ、間もなく愛爆――つまり隣人愛誘導爆弾（別称、誘愛弾ともいう）を積んだ飛行機がやってくることを聞きだした。どういうわけか、ただちに場所を明け渡すように命じられ、警官たちは一人残らず全員が特殊なフィルター付きの防毒マスクをかぶった。私たちにも同じものが配られた。

トロッテルライナー教授は、たまたまそうだということがわかったのだが、幻覚薬物学の領域の専門家だったので、私に、どんなことがあっても防毒マスクを使ってはならんと警告してくれた。つまり、エアゾールの濃度が高くなるとマスクの保護機能が作動しなくなるというのだ。要するに、いわゆる〈逆流〉と呼ばれる現象がフィルターに起こり、そうなると、一瞬にしてふだん呼吸しているよりはるかに大量の空気を吸いこんでしまうのだ。私の疑問に答えて、唯一の救済策は酸素ボンベしかないと、かれは言った。そこで私たちはホテルのフロントへ行き、まだ持ち場を離れずにいた係の男を見つけ、かれの手を借りて消火用具が入っている倉庫を探しだした。たしかにそこには、ドレイガー（ドイツの科学者。救急装置を発明した）の閉鎖循環式酸素ボンベがあった。それを身につけて完全防備をした私と教授が通りへ戻ってくると、それを待っていたかのように、空気を切りさくような甲高い声で、ほどなく友軍機の最初の一隊が飛来するとアナウンスがあった。ところが周知のごとく、空襲が始まった直後、間違ってヒルトン・ホテルが〈誘愛弾〉で爆撃されたのだ。その誤爆の結果、目を覆うばかりの状態になった。たしかに〈誘愛弾〉が落下したのは、低くなっているビルの端のほうの部分だったが、そこには〈解放文学出版社〉が出品した展示物が、賃貸しの陳列台に並んでいただけだったため、さしあたってはホテルの宿泊客が被爆するということはなかった。ところが、私たちを警備していた警官たちがまともに被害をうけたのだ。たちまち、警官隊は隣人愛の発作にのみつくされてしまった。私の目の前で、警官たちは顔からマスクをかなぐり捨てるや、悔恨の苦い涙を流しながらデモ隊の前にひざまずいて許しを乞い、自分たちの太い棍棒を無理やりかれらに押しつけて、思いきりそれでひっぱたいてくれと懇願し始めた。ところが、そのあとエアゾールの濃度がいちだんと濃くなった〈誘愛弾〉が落下しはじめるに及んで、法の番人たちはたがいに我先に駆け寄って、そばにいる者と相手の見境もなく抱きあって愛撫しはじめたのだ。いったいなにが起こったのか、事態の経過を再現できたのは——ただし部分的にだが——その悲劇的事件がすっかり終わった数週間あとのことだった。その日の朝、政府は給水塔に七百キロの穏健臭化カリと至福剤、中庸剤、超歓喜剤を投入し、準備されているクーデターを芽のうちに摘んでしまう決定をくだした。その前に、警官隊と軍隊の施設への給水が断たれた。ところが、その計画の専門家がいなかったために、当然のことながら失敗に終わった。つまり、マスクのフィルターに逆流現象が起こることも、いわんや社会的に異なったさまざまのグループが飲み水を利用するしかたは千差万別だということも計算に入れていなかったからだ。

かくして警官の変節に政府関係者はひどいショックをうけた。トロッテルライナーが説明してくれたのだが、それは、各種鎮静剤に屈伏した人間が、自然本来の善意と好意の衝動に従う度合が弱くなるにしたがって、薬の効果がますます強くなるからだ。そのことは、次のような事実からも明白だった——第二波として飛来した二機が、官公庁や、警察及び軍のもっとも重要な施設に〈誘愛弾〉を投下すると、それまでとってきた政策を悔い、良心の呵責に耐えきれず、自殺が起こった。ディアス将軍自身が、リボルバーでみずから命を絶つ前に、刑務所の門を開き政治犯を一人残らず釈放しろと命じたということをつけ加えれば、その夜起こった戦闘がいかに激烈であったかは容易に理解できる。ところが、町から遠く離れたところにある空軍基地は無傷のままで、そこの将校たちは与えられた命令をとことんまで遂行したのだ。いっぽう、密閉した掩蔽壕《えんぺいごう》にいた警察と軍のオブザーバーたちは、事態の進行を見ていてついに最後の手段にでた。つまり、ノウナス全市を感情的混乱の坩堝《るつぼ》に投げこんでしまったのだ。だが、ヒルトン・ホテルにいた私たちは、当然のことながら、そんなことになっていようとは知るよしもなかった。戦争劇の舞台に——今や広場とそれをとりかこむシュロが植わった公園に移っていたが——陸軍機甲師団の最初の部隊が登場したのは夜中の十一時だった。連中がやってきた目的は、警官隊のあいだに蔓延《まんえん》している隣人愛を鎮圧するためだったのだ。かれらは血も涙もなく、それをやってのけた。気の毒だとしか言いようがないが、アルフォンス・モーヴァンは、剝愛《はくあい》榴弾が炸裂した場所から一歩と離れていないところに立っていたため爆風で左手の指と左の耳をもぎとられてしまった。ところがかれは、こんな手んか前からどうでもよかったし、耳のことも特に言うことはないと断言した。そして、もし要るのなら、今すぐ残っているほうもくれてやってもいいと言って、ポケットからナイフをとりだした。私はそれをそっとかれに押し返し、急拵《ごしら》えの救護所へ連れていき、そこでかれは解放文学出版社の秘書たちに世話をしてもらった。ところが、女性たちは、だれもかれも化学作用のおかげで涙を流して泣きわめいていた。しかもそれだけではない。彼女たちはつつましやかに衣服を身にまとい、中には人が邪心を起こして罪を犯すことがないようにと、間に合わせの布で顔にベールをかぶっている者までいるしまつだった。ごくわずかだったが、薬の影響が強すぎて、髪をばっさり切り落として丸坊主になってしまった気の毒な女性もいた。救護所から帰る途中、運が悪かったとしか言いようがないが、出版社の連中にばったりとでくわしてしまった。ところが最初はかれらだということがわからなかった。と言うのも、連中は古い麻袋らしいものを着こみ、わが身を打ちすえる鞭がわりにも使う紐で腰をしめており、慈悲を求めて泣きわめき、先を争って私の前にひざまずき、社会を堕落させたのでぜひ鞭で徹底的に打ちすえてほしいと懇願したのだ。連中をよく見ると、その鞭撻宗徒たちの中に〈プレイボーイ〉の編集スタッフが編集長も含めて全員いた！　そのときはさすがの私もおどろいた。ことに、編集長はどうあっても私を通らせようとしなかった。それくらいひどくかれは良心の呵責にさいなまれていたのだ。連中は、酸素マスクをしていたおかげで、自分だけがまだ頭に毛が残っていることを知り、ぜひそれを刈らせてくれと哀願しだした。だから結局、渋々ではあったが折れて、後で悔いのないよう連中の願いを聞き入れてしまった。腕がしびれ、酸素マスクをしていても呼吸が苦しくなってきて、このボンベが空《から》になっても、中身が詰まった別のがみつかるだろうかと心配になってきた。ところが連中はこっちの不安をよそに、長い列を作って、自分の番がくるのを待ちわびていた。だからかれらを追い払うために、しまいには色刷りの大きな絵を一枚残らず全部拾い集めろと命じた。

絵は、ヒルトン・ホテルの端のほうの建物に〈誘愛弾〉が落ちたとき、ロビー全体に撒きちらされ、だから、さながらソドムとゴモラを一緒にしたような様相を呈していたのだ。連中は、私の指示にしたがってホテルの前へ絵を運びだし、それを山のように積みあげて焼き払った。ところが運が悪いことに、公園にいた砲兵部隊が、その火の手をなにかの合図と勘違いし、私たちに集中砲火を浴びせかけてきた。いちはやく私は姿をくらましたが、その直後、地下室でハーヴェイ・シムズワースという男の手に落ちてしまった。それは、童話をポルノ文学に書き変えることを思いついた作家だった（『長い長い赤頭布』や『アリババと四十人の性倒錯者』を書いたのはこの男だ）。いっぽう世界の古典文学を改作してがっぽり稼いだりもした。また、あらゆる作品のタイトルに〈……の性生活〉をくっつけるという簡単なやりかたも使った（たとえば——『白雪姫と小人たちとの性生活』、『赤毛のアンの性生活』、『アラジンとランプとの性生活』、『不思議な国のアリスの性生活』といった具合だ）。私は、手が動かないと言い逃れをいってみたが無駄だった。だったら——とそいつは泣きながら叫んだ——思いきり足で蹴とばしてくれればいい、と。いったいどうしたらいいのだ——またもや、拒絶することはできなかった。おかげでくたくたに疲れてしまい、やっとのことで消火用具が入っている倉庫にたどりついた。幸い、手つかずの酸素ボンベがいくつか見つかった。そこで、トロッテルライナー教授が、消火ホースの束に腰かけて未来学の論文を読みふけっていた。仕事の性質上、会議をめぐり歩く生活を送っているから、たとえわずかでも暇を見つけると、よろこんでそれを利用するのだ。そうこうしているあいだも、〈誘愛弾〉の爆撃は猛烈に続いていた。トロッテルライナー教授が、愛情発作が激しい場合は（普遍的善意の衝動が愛撫の痙攣を伴うときが特に深刻なのだが）、湿布をし、ひまし油の大量服用と胃の洗浄を交互に繰り返すよう忠告してくれた。

記者室で、スタンターと〈ヘラルド〉のウーリイ、シャーキー、一時的に〈パリ・マッチ〉のために働いているカメラマンのクンツが顔にマスクをしたままトランプをやっていた。電話回線が使えなくては、ほかにやることがなかったからだ。私が連中の勝負を観戦しはじめたときだった。アメリカのジャーナリスト界の大物、ジョー・ミッシンジャーが駆けこんできて、「慈悲剤に対抗するために、激昂薬の錠剤が警官たちに配られたぞ」と怒鳴った。繰り返して言われなくとも、それがどういう意味かわかったので、私たちはすぐさま地下へ駆けつけた。ところがその噂がでたらめであることがすぐにわかった。そこで様子を見にホテルの外へでてみたところ、建物の上から数十階がなくなっているのに気づいて憂鬱になった。廃墟の雪崩が、私の部屋を、他の部屋もろとも呑みつくしていたのだ。炎の明かりが空の四分の三を覆っていた。ヘルメットをかぶった肩幅の広い警官が、未成年らしき男を追いかけながら怒鳴っていた——止まれ、頼む、止まってくれ、おれはお前を愛しているんだ！——だが、追われている男はその告白を無視した。どういうわけかあたりが静まりかえった。職業的好奇心で記者たちはじっとしていられなくなった。そこで私たちは、用心しながら公園のほうへ向かった。そこでは秘密警察が公然と参加しているミサ——黒白、ピンク、はては混合ミサまで行なわれていた。そのそばに大群集がひしめいて涙を流していた。かれらは大きな字で、**罵倒しろ、俺たちは煽動者だ！**　と書いたプラカードを頭上に高々とかかげていた。信念を翻したそのおびただしい数のユダの群れから判断すると、それだけの人員を動員するのに要した政府の出費は相当な額に達したはずだし、コスタリカ共和国の経済状態に悪い影響を及ぼしたにちがいない。ホテルへ引きあげてくると、その前に別の群集がむらがっていた。警察犬が、アルプスのセントバーナードのようにおとなしくなってしまい、ホテルのバーから高い酒を持ちだしてきて、それを見境なく配っていた。ところがそのバーでは、警官と過激派の連中が入りまじり、革命的な歌と保守的な歌を代わりながら吠えたてていた。そこで地下室に立ち寄ってみたが、そこでは人が争って改宗したり、懺悔したり、忠誠を誓ったりしていた。その光景は見るに堪えないので、その場を離れ、さっきも話したとおりトロッテルライナー教授がいる消火用具の倉庫へ、かれと話をしに向かった。ところが驚いたことに、教授はいつのまにか三人の相手を見つけ、その連中とブリッジをやっていた。ケツァルクアトル助教授が切り札のエースで勝った。するとトロッテルライナー教授はそれにひどく腹をたて、憤然と席を立った。私が他の連中と一緒にかれをなだめていると、シャーキーがドアから首をだして、アクイロ将軍の演説をトランジスタラジオで聞いたと言った。それによると、将軍は通常爆弾で暴徒を容赦なく鎮圧するつもりらしい。私たちは、簡単な作戦会議を開き、ヒルトンのいちばん下の階へ避難することにした。避壕の下にある下水道へだ。ホテルの調理場は廃墟と化していたから、食べ物はなかった。腹をすかした抗議派やラベル収集家、出版関係者たちは、ホテルの建物の端のほうにある人気《ひとけ》のない〈エロチカ・センター〉で見つけた強壮チョコレートや栄養剤、精力賦活ゼリーに争ってとびついた。見ていると、エロミンとかラブセクシンといった興奮剤が連中の血管の中で慈悲剤とまじるにつれて、表情に変化が現われた。そういう化学的エクスタシーがどういう結果をもたらすか、考えただけでぞっとした。未来学者たちが、インド人の靴磨きを愛撫し、秘密情報部員がホテルのメイドに抱かれ、丸々と太ったでかい鼠が猫といちゃついていた――おまけに、警察犬たちはなんでもかんでも見境なくなめまわしていた。私たちは遅々として前進できなかった――ボンベを背負って群集をかきわけて進まなくてはならなかったのだ――そのあまりの遅さにイライラしてきた。私は一番うしろで、予備の酸素ボンベを半ダースも運んでいたのだ。手や足にキスをされ、撫でられ、拝まれ、思いきり抱きしめられたり愛撫されて息がとまりそうになりながら、とにかく押し進んでいくと、やっとスタンターが勝利の歓声をあげるのが聞こえた。下水道の入口を見つけたのだ。全員で最後の力をふりしぼって重い蓋を持ちあげ、一人ずつマンホールの中へおりはじめた。トロッテルライナー教授が鉄梯子の段を踏み外したので体を支えてやりながら、会議がこんなことになると想像していたのかと訊いてみた。ところがかれは返事をする代わりに私の手に接吻しようとした。たちまち疑惑が頭をもたげた。どうやらマスクが少しずれていて、薬品に汚染された空気をいくらか吸いこんでしまったらしい。私はまよわず殴り、新鮮な酸素を吸わせ、ハヤカワの論文を朗読させた——もっともそれはハウラーが思いついた構想だった。教授は、聞くに堪えない悪態をひとくさり並べたてて正気に返ったことを立証し、一緒に進軍を続けた。ほどなく、下水道の黒い水面に、ほの暗い懐中電灯の明かりに照らされて油の斑点が浮かびあがった。私たちはそれをきわめて歓迎すべきしるしととった。と言うのは、〈誘愛弾〉で爆撃された町のある地表から、十メートルの厚さはある土で私たちはへだてられていたからだ。この避難場所のことを思いついたのが、なにも私たちが最初ではなかったことを知ったときは、驚いた。ヒルトン・ホテルの経営者が全員、コンクリートの狭い通路に座りこんでいたのだ。抜け目のない支配人たちはホテルのプールにあった空気でふくらますビニールの椅子やラジオ、ウィスキーを一揃い、清涼飲料、それにサンドイッチ類をたっぷり持ちこんでいた。連中も酸素吸入器を使っていたから、たとえわずかでもそれを私たちにわけてくれることなど、まるで期待できなかった。だが、私たちは威嚇的な態度をとったし、それに数の上でこっちが優位に立っていたから、無理やり承知させてしまった。いささか強引ではあったが、とにかく納得ずくで私たちは海老を食いにかかった。会議のプログラムには載っていない、この予期せざる食事をもって、未来学会議の第一日は幕を閉じたのだ。

◇

嵐のような一日の体験でひどく疲れはてていたが、寝る準備にとりかかった。だが、ここは明らかに下水道の通路だ、狭いコンクリートの上で眠らなくてはならないことを思うと、そこはまさにスパルタ人の生活などくらべものにならないほど厳しい場所だった。だから、先見の明があったヒルトン・ホテルの経営者たちが持ちこんだ空気式椅子をいかに公平に配分するかという問題がまず持ちあがった。椅子は六脚で、十二人しかかけられなかった。というのも六人のホテルの管理者たちは、協調の原則にしたがってめいめいが秘書をねぐらにうけいれるつもりだったからだ。いっぽう、スタンターに率いられて下水道へ入りこんできた私たちは二十人もいた。未来学者のグループ、ドリンゲンバウム、ハゼルトンおよびトロッテルライナー教授の面々、新聞記者とCBSのテレビ解説者たちのグループ、来る途中自分から進んで加わった二人、そいつらが何者かは誰も知らない、革ジャンパーと乗馬ズボンの屈強な男と、それに〈プレイボーイ〉の編集者の個人的助手である可愛いジョー・コリンズだった。スタンターは、彼女の化学薬品による変化をうまく利用して一稼ぎするつもりでいたし、耳に入った話では、ここへ来る途中すでに彼女の回想記の初版を出版する権利を譲り受ける約束をとりつけてしまったらしい。椅子が六脚しかないのに希望者が三十人以上もいるとあって、たちまち状況は緊迫した。ぜがひでも手に入れようと思っているそのねぐらをはさんで、私たちはにらみ合って立っていた。もっとも酸素マスクをかぶっていてはやりづらかったが。いち、に、さんの合図と同時に全員がマスクをとろうではないかと言いだした者がいた。実際にそうすれば、だれもが利他主義的気分に襲われ、それで争いの種はなくなってしまうことは明白だった。それがわかっていながら、だれ一人としてその案をすぐに実行しようとする者はいなかった。さんざん言い争い、最後に妥協した——籤《くじび》引きで順番をきめ、交替で三時間ずつ眠ることになった。きれいに印刷した交尾の回数券を籤に利用した。何人かがまだそれを持っていたからだ。私は、最初にやせほそった、骨だけと言っていいトロッテルライナー教授と一緒に寝なくてはならないことになった。ベッドを（と言うよりは椅子を）共にするのならもう少しかれに肉がついていてもらいたいものだ。私たちは次の番の連中に乱暴に叩き起こされた。そしてやつらはあたたかいねぐらに体を横たえた。ところがこちらは下水道の岸にしゃがみこみ、酸素ボンベのことが気がかりでその圧力計をチェックした。あと数時間もすれば酸素が尽きることがわかった。そうなればいやおうなく慈悲薬物を吸いこむことになる。それは絶対に避けられない。そう思うと全員が憂鬱な気分になった。私がすでにあの恍惚とした至福状態を体験したことがあると知って、仲間たちは、それがどんな感じか教えろとせがんだ。私はかれらに、それほど悪いもんじゃないと請けあった。だがそうは言ったものの、あまり自信はなかった。どうしようもなく眠かった。下水溝に転がり落ちないように、私たちは適当なものでマンホールの下の鉄梯子に体をしばりつけた。それまでよりはるかに強烈な爆発音の余韻で、不安なまどろみが中断された。あたりを見まわした。薄暗い闇が支配している——節約のために懐中電灯は一個を残して全部消してあった。下水溝の縁を、大きな丸々と太った鼠たちが這いまわっていた。そいつらが一列になって、しかも後足で歩いているのは実に奇妙だった。体をつねってみた。だがやっぱり夢ではなかった。私はトロッテルライナー教授を起こし、かれにその現象を見せてやった。かれもそれをどう考えていいのかわからなかった。鼠たちは二匹ずつ組になって歩いており、私たちのことなどまるで眼中になかった。とにかく連中はわれわれにキスをしようとはしなかった。教授に言わせれば、それはいいしるしだそうだ。空気が薬に汚染されていない可能性がきわめて強いからだ。私たちは、慎重にマスクをはずしてみた。私の右側で二人の記者がぐっすりと眠っていた。鼠たちは相変わらず二本足で歩きまわっている。ところが私と教授はくしゃみをしはじめた。鼻がむずむずしたからだ。最初は、下水道の臭いのせいだと思った――だがそれも小さな根に気がつくまでだった。二人は体をかがめて自分たちの足許を見た。見間違いようがなかった。根を払いのけると、膝のあたりから上にかけてみどり色になっていた。そのときはすでに腕にも芽がでていた。たちまち芽が開き、見るまに生長しふくらんできたが、それは明白に蒼白かった。もっともそれは地下で生長する植物にはよくあることだ。しばらくすれば実がなりそうな感じがした。それをどう解釈したらいいのかトロッテルライナーに聞いてみたかったが、声をはりあげなくてはならなかった。かれが騒々しい音をたてていたからだ。眠っている連中も、薄紫色や深紅色の花をいっぱいつけた、刈りこんだ生垣に見えた。鼠たちがその葉をむしりとっては食い、ひげを足で撫でつけ、さらに大きく生長していった。もう少しすると、やつらに乗りかかることができそうだった。まるで樹木のようにひどく太陽が恋しくなった。かなり遠いところでときどき雷が鳴るように、なにかが上から降ってきて、鈍い音をたてて下水道にこだました。私の体が紅葉し、さらにそれが黄金色に変わり、最後には葉が散ってしまった。いったいこれはどうしたことだ――私は驚いた――もう秋なんだろうか？　やけに早いぞ！

しかしそうだとしたら、もうここを出てもいいころだ。私は根を体からむしりとると、念のために耳をすました。間違いない――あれは戦闘ラッパの音だ。背中に鞍を置いた鼠が――馬みたいな、まったくもって途方もないやつだった――頭をこちらに向けると、斜めにたれたまぶたの下から、悲しみに満ちた目で私を見た。その目はまさにトロッテルライナー教授のそれだった。不意に疑問を感じて戦慄した。あれが、鼠を連想させる教授であるならば、まさかかれに跨《また》がって行くわけにはいかない。だが、鼠が教授に似ているだけのことだったら、別にかまわないわけだ。戦闘ラッパがふたたび鳴り渡った。そこで、そいつの背中にとびのったが、鞍の上にのらないで下水溝に落ちてしまった。吐き気を催しそうな水浴びをしたおかげで、やっと我に返った。嫌悪と激怒に身を震わせながら、通路へ這いあがった。鼠どもがしぶしぶ私のために少し場所をあけた。連中はまだ二本足で歩きまわっていた。だが――少し頭をかすめたのだが――幻覚にきまっている。自分が木だと思えるのであれば、連中が人間ではないとする理由はあるだろうか？　一刻も早く酸素マスクをかぶるために、手探りで探した。見つけだすとすぐに顔につけようとしたが、息をするのが不安だった。たしかにそれが本物のマスクで、幻覚ではないということがどうしてわかるのだ？

まわりが不意に明るくなった——ふり仰ぐと、マンホールの蓋があいていて、そこからアメリカ軍の軍曹が私に手を差しのべた。

「急げ！」軍曹が怒鳴った。「ぐずぐずするな！」

「どうしたんだ、ヘリコプターが来たのか？」私は跳びあがるようにして立った。

「あがってこい、早くしろ！」上からわめいた。

他の連中もすでに立ちあがっていた。私は梯子をのぼりはじめた。

「やっと出られるぞ！」スタンターが下で荒い息遣いをして言った。

外は昼間のように明るかったが、それは火事のためだった。あたりを見まわしたが、ヘリコプターは一機も見あたらず、鉄兜をかぶり、落下傘兵のような格好をした兵士が数人いて、馬具のようなものを渡してよこした。

「これはなんだ？」私は面食らって尋ねた。

「急げ！　ぐずぐずするな！」軍曹ががなりたてた。

兵士たちが私に馬具をとりつけはじめた。幻覚を見ているにちがいない！　そう思った。

「そうじゃない」と軍曹が言った。「そいつは、跳躍装置で、われわれが使用している個人用ロケットだ。燃料タンクは背中にせおうんだ。こいつを摑め」と言って、かれがなにかレバーのようなものを私の手に握らせると、うしろにいた兵士がベルトをしっかりと締めてくれた。

軍曹は私の肩をぽんと叩いて、「よし、終わったぞ！」背嚢《はいのう》のどこかを押した。すると長く尾をひく甲高い音をたてて、背嚢のノズルから噴きだした蒸気と白い煙が足をつつみこんだとたん、私の体は羽根のように空中に浮きあがった。

「おい、どうするんだ、操縦のしかたがわからないぞ！」赤々と火事の照り返しで輝いている夜空へろうそくのように運び去られながら叫んだ。

「自分で覚えろ！　方位を北-極-星-の-方-角-に-と-れェェェ!!」軍曹が下から怒鳴った。

私は下を見た。廃墟の巨大な山の上を飛んでいた。それがかつてヒルトン・ホテルだったのは、そんなに前のことではない。そのそばに人が群がっているのが小さく見えた。その先には血のように赤い炎の舌が巨大な環となって燃えさかっていた。それを背景《バック》に円いしみが黒ずんで見えている——それは、トロッテルライナー教授が、蝙蝠傘を開いて飛びたったところだった。ベルトと紐がしっかり止まっているかどうか手で触ってたしかめた。背嚢はゴボゴボ、ガチャガチャ、ピーピーうるさい音をたてていた。激しく逆に噴き上げてくる蒸気がふくらはぎを焼いて耐えられなくなってきたので、絶えずできるだけ足を縮めていなくてはならなかった。おかげで、バランスを失い、重い不安定な独楽《こま》のように空中でしばらく回転するしまつだった。そのあと、うっかりコックを引っぱって飛行装置の操作を誤ってしまった。激しい衝動をうけて水平飛行に移った。それはむしろかなり愉快だったし、少なくとも自分がどちらへ向かって飛んでいるかわかっているだけに、前よりはましだった。眼下に拡がっている広々とした空間をできるだけ視野にとらえるように、コックを操作した。火災の炎の壁を背にして、ビルディングの廃墟が黒く歯のように見えていた。地上から私のほうへ紺青や赤やみどりの火線が飛んでくるのが見えた。耳もとで鋭く風を切る音がしはじめるに及び、自分が砲撃されているのだとわかった。それではもっとスピードを上げなくては！　急げ！　レバーを押した。背嚢がプスン、プスンと音をたて、こわれた蒸気機関車みたいに哀れっぽく汽笛を鳴らして私の足に熱湯を浴びせかけ、いきなり激しくとびだしたため、タールのように黒い空間をとんぼ返りをうちながらやみくもに突っ走りはじめた。強い風が耳もとでうなりをあげた。ポケットからペンナイフや財布やその他諸々のこまごましたものがこぼれるのを感じたので、無くしたものをとり返そうと、急降下したり急上昇して追いかけてみたが、結局、全部視界から消え失せてしまった。私は、眼下に無言の星を眺めながら、ただ一人で飛んでいた。絶えずシューシュー、ピーピー、ガタガタうるさい音をたてて飛びつづけていた。コースから外れないよう北極星を見つけようとした。だが、やっと見つけたときには、背嚢が最後の一息を吐きだして息絶え、私は速度を増しながら石のように落下していた。まったく幸運だったとしか言いようがないが、地表に激突する直前に——霧につつまれて、曲がりくねったハイウェイや木の影、人家の屋根らしきものが見えた——ふたたび残っていた最後の蒸気が噴きだしてくれた。その逆噴射のおかげで墜落にブレーキがかかり、草の上へふわりと着陸できた。かなり離れたところにある溝の中で、うめいている者がいた。あそこにいるのが教授だとしたら、こいつは驚きだ。ところが実際にかれだったのだ。私はかれを助けだしてやった。眼鏡を無くしてしまったと文句を言いながら、かれは体中をさぐりまわした。幸いそれだけで、ほかはことなきをえたらしい。かれが、背嚢を外すのを手伝ってくれと言った。おろした背嚢にかがみこんで、それについているサイドポケットからなにか引っぱりだした。それは、鉄パイプとリングのようなものだった。

「今度は、あんたのほうだ……」

私の背嚢からもリングをとりだし、何か組み立てていたが、やがて作業を終えると私に言った。

「おい、乗るんだ！　でかけるぞ」

「それはなんだ？　でかけるって、どこへだ？」びっくりして訊いた。

「二人乗り自転車《タンデム》さ。ワシントンへ行く」簡潔に答えて、教授はすでに足をペダルにかけていた。

（これは幻覚だ！）私はふとそう思った。

「くだらないことを考えるな！」トロッテルライナーが腹をたてた。「ごく普通の降下部隊の装備だ」

「わかった。しかしそれにしてもよくそんなことを知っているな？」私はうしろのサドルに跨りながら聞いた。教授がペダルを踏み込んだ。草の上を走り、アスファルト道路にでた。

「合衆国空軍《USAF》のために働いているからさ！」猛烈な勢いでペダルを踏みながら、教授が怒鳴った。

私が覚えている限りでは、ワシントンまで行くためには、間にペルーとメキシコがひかえている。パナマについては言うまでもない。

「自転車では無理だ！」風にさからって怒鳴った。

「これで行くのは集結地点までだ！」教授が怒鳴り返した。

かれはただの未来学者ではなさそうだ、そういうふりをしているだけだ！　なにかとんでもない面倒なことにまきこまれてしまった……いったいワシントンで自分はなにをやるんだ？　私はブレーキをかけた。

「なにをするんだ？　頼むからペダルをこげ！」叱りつけるように厳しい口調でそう言うと、かれはハンドルにおおいかぶさるように体をかがめた。

「いやだ！　止めてくれ、降ろさせてもらう！」私はきっぱりと言い返した。

自転車がふらふら揺れて、スピードが落ちた。教授は、地面に足をつくと、嘲るような仕種であたりの暗闇を示して言った。

「勝手にするんだな。幸運を祈るよ！」

かれはそのまま去っていった。

「いろいろすまなかった！」私はうしろから怒鳴り、うしろ姿を見送った。尾灯の赤い光が闇に消えた。ところがそこがどこなのかわからなかったから、道路標識の上に腰かけて、自分がおかれている状況を考えることにした。

なにかにふくらはぎをつつかれた。なんの気なしに手を伸ばすと、枝のようなものに触れたから、それを折ろうとした。すると、痛みを感じた。これが自分の願望だとすれば——私は自分に言いきかせた——間違いなくまだ幻覚をみているんだ！　それをたしかめようとして、体をかがめたまさにそのとき、顔に光が当たった。カーブの向こうから銀色のヘッドライトがぎらりと光ったかと思うと、自動車の大きな影が止まり、ドアが開いた。車の中で、ダッシュボードのグリーンやブルーや金色がかった光の帯が輝いており、ほの暗い明かりが、ナイロンの靴下をはいた女の足を包み、金色の蜥蜴《とかげ》革の靴がアクセルの上に静かにのっていた。真赤に口紅をさした暗い顔が私のほうを向くと、ハンドルにかけていた手の指にダイヤモンドがキラッと光った。

「乗っていく？」

私は乗りこんだ。ぼうぜんとしていて、枝のことをすっかり忘れていた。こっそりと、自分の足にそって手を動かした――それはただのアザミにすぎなかった。

「どうかしたの？」感情のこもった低い声が訊いた。

「い、いや、どうかしたとはどういう意味だ？」すっかりうろたえて、聞き返した。

女は肩をすくめた。馬力のある車は勢いよくとびだした。彼女がどこかのボタンを押すと車内が薄暗くなり、ライトに照らされた道路が一条の筋となって前方から突進してくるだけになった。ダッシュボードの下から活気づいた音楽が流れてきた。それにしてもやはり変だ――私は思った――なんだかぴったりしない。しかしたいして意味はない。それは枝ではなく、アザミだ。しかし、それにしても変だ！

女に目をやった。間違いなく美人だ。ある意味では、それは一発で男の心を虜にする悪魔のような美しさだった。だが、スカートの代わりに羽が生えていた。駝鳥《だちょう》だろうか？　幻覚を見ているのか？……こういうのが最新の流行かもしれないとも思える……だがどう考えていいのかわからなかった。道路にはまったく車の姿はなかった。車はスピードを出し続けていた。速度計の針が今にも目盛の右端にとどきそうだった。不意にうしろから髪をつかまれた。私はぞっとして震えあがった。鋭い爪が生えた手で首筋をひっかかれたのだ――だが、殺意があってというよりは、愛撫するように優しくではあったが。

「だれだ？　そこにだれかいるのか？」私はその手を振りほどこうとした。だが頭を動かすことができなかった。「頼むからはなしてくれ！」

ライトが大きな家のようなものを照らしだした。タイヤが砂利をはね返し、車が鋭くカーブを切り、縁石《ふちいし》をこすって止まった。

髪の毛を摑んでいたのは、もう一人の別の女の手だった。青白い顔をしたやせた女で、黒いドレスを着てサングラスをかけていた。ドアが開いた。

「ここはどこだ？」と私は聞いた。

二人は無言で私に襲いかかってきた。運転席の女は私を押しだし、すでに歩道に降りていたもう一人のほうが体を引っぱったのだ。私は無理やり車から引きずりだされた。家の中ではパーティでもやっているのか、騒々しい音楽や酔っぱらっているらしい大声が聞こえてきた。噴水が、車寄せのそばの窓の明かりに照らされて、黄色と紫色に染まっていた。道連れの女たちに私は腕をしっかりと抱きかかえられてしまった。

「こんなことをしている暇はないんだ」私は張りのない声でつぶやいた。

だが、まるで無視された。黒いドレスを着たほうが、私にしなだれかかり、耳もとでなにかささやいて熱い息を吹きかけた。

「……フーッ」

「えっ、なんだって？」

すでにドアの前へ来ていた。二人は笑いはじめた。だが、私にほほえみかけたわけではなく、嘲笑だった。その女どものことは、なにもかもが不愉快だった。しかも、連中はだんだん小さくなっていった。ひざまずいたからだろうか？　いや、違う。連中の足は羽でおおわれていた。なんだ、そうか――安心して、自分に言いきかせた――結局これも幻覚だ！

「これのどこが幻覚なのよ、おバカさん！」サングラスをかけたほうがせせら笑うと黒真珠を縫いつけたハンドバッグを持ちあげて頭の天辺《てっぺん》を叩いたため私は思わず声をあげた。

「このラリったバカヤロウ！」別の女が大きな声で叫んだ。そして、同じ場所に強烈なパンチを落とした。さすがの私も頭をかかえて倒れてしまった。目を開けると、トロッテルライナー教授が手に蝙蝠傘を持って私をのぞきこんでいた。私は下水道の通路に寝ていた。鼠たちは、なにごともなかったように、二匹ずつ組になって歩いていた。

「どこだ、どこが痛むんだね？」教授が尋ねた。「ここか？」

「いや、ここだ……」と言って、私は瘤《こぶ》ができた脳天を見せた。

かれは蝙蝠傘の尖ったほうをつかむと、怪我をしている場所を突いた。

「助けてくれ！」私は悲鳴をあげた。「お願いだ、やめてくれ！　どうしてこんなことを……」

「この際これが一番いい治療だ！」未来学者は無慈悲な返事をした。「残念ながら、手許にほかの解毒剤を持ち合わせていないんだ」

「しかし、いくらなんでもその尖ったやつで突くのだけはやめろ、お願いだ！」

「よく効くんだぞ」

かれはもう一度私を突いてから、うしろを振り返ってだれかを呼んだ。私は目を閉じた。頭がずきずき痛む。そのとき、急に体を持ちあげられるのを感じた。教授と革ジャンパーを着た男が、私の手と足をつかんでどこかへ運びはじめた。

「どこへ行くんだ？」私は大声をあげた。

煉瓦の破片が、震えている天井から顔にばらばらと落ちてきた。運び手たちが、揺れる不安定な板や踏み板の上を歩いているのを感じ、連中が足を踏み滑らさなきゃいいがと、ひやひやした——どこへ連れていくんだ？——かぼそい声で尋ねたが、答えてくれなかった。轟音で空気がたえず震えていた。あたりが明るくなった。火事の火のせいだった。すでに地表へでていたのだ。軍服を着た連中が、下水道の穴から出てきた者をつぎつぎとつかまえては、開いているドアの中へかなり乱暴に投げこんだ——**合衆国陸軍ヘリコプター・110984**9と白いペンキで書かれた大きな文字が目に入った——そこで私は担架に乗せられた。トロッテルライナー教授がヘリコプターに首を突っこんで怒鳴った。

「すまん、泰平君！　勘弁してくれ！　やむをえなかったんだ！」

かれのうしろに立っていた男が教授の手から蝙蝠傘をひったくり、それで二度思いきり頭を叩いたので、未来学者はうめき声をあげて私たちのあいだへ倒れこんだ。それと同時に回転翼が騒々しい音をたて、エンジンが吠え、機体は雄々しく浮きあがった。教授は、私が寝ている担架のそばに腰をおろすと、そっとデリケートな手つきで脳天をさすった。たしかにかれの行為は手短で、かつ人的な慈悲によるものだということはわかっていたが、教授に大きな瘤ができたのを確認して、私は大いに満足したことを白状しておく。

「どこへ向かっているんだ？」

「会議場へだ」まだ顔をしかめていたが、教授が答えた。

「と言うと……あの会議か？　しかし、もうとっくに終わってしまったろうに？」

「ワシントンが干渉したんだ」教授が簡潔に説明した。「だが討議は継続される」

「どこで？」

「バークレイだ」

「と言うと、大学のキャンパスか？」

「そうだ。ところで、ナイフかなんか持っていないか？」

「いや」

ヘリコプターが激しく揺れはじめた。炸裂音と炎が機体を引き裂き、私たちはつぎつぎと果てしない闇の中へ投げだされた。そのあと長いあいだ苦しみが続いた。私は、サイレンの物悲しい声を聞いたような気がした。だれかに服を切り裂かれ、意識を失い、ふたたび意識をとりもどした。発熱と悪路のせいで体が揺れている——救急車のくすんだ天井を見上げていた。そばに、ミイラのように全身を包帯でぐるぐる巻きにされた者が寝ていた。蝙蝠傘がそれに縛りつけてあったから、トロッテルライナー教授だとわかった。助かったんだ……ちらっとそう思った——私たちは死なずにすんだんだ。運がよかった。突然、鋭くタイヤを軋ませて車が激しく揺れてひっくりかえり、炎と轟音がブリキの車体を引き裂いた。またなにか起こったな？——最後にちらっとそう思ったまま、暗い忘却の淵に沈みこんでしまった。目を開けると、上にガラスのドームが見えた。マスクをかぶった白装束の男が数人、祝福を与える神父のように手を差しのべて、小声で相談していた。

「そうだ、これは泰平という人物の体だ」話し声が聞こえてきた。「そのガラス瓶に入れてくれ。そうじゃない、ちがう。脳だけだ。他の部分は役に立たない。麻酔をかけてくれ」

縁が綿でくるまれたニッケルの円板をすっぽりとかぶせられてしまった。悲鳴をあげ、助けを求めたかったが、刺激性の強いガスを吸いこんで、気が遠くなってしまった。ふたたび意識がもどったとき、目を開けることも、手足を動かすこともできなかった。全身が麻痺しているかのような感じだった。全身に痛みが走るのもかまわず、あらんかぎりの力を振りしぼった。

「静かに！　そんなに体を動かさないで！」やさしい、聞き心地のいい声が聞こえた。

「どうしたんだ？　ここはどこだ？　わたしはどうかなった？……」私はつぶやいた。口が、顔全体がまるで他人のもののような感じがした。

「ここは病院です。なにもかもうまくいきます。心配することはありません。今、食事を持ってきますから……」

しかし、体がないのに、いったいどうすればいいんだ……――そう言い返しそうになった。だがそのとき、鋏を使う音がした。そして、切りとられたガーゼが顔から落ちる。明るくなった。体格のいい二人の看護師が、やさしく、だがしっかりと私の腕をつかんで立たせてくれた。連中が大男だったから驚いた。私は車椅子に乗せられた。目の前に、いかにもうまそうなスープが湯気をたてていた。無意識にスプーンに手を伸ばしたが、掴んだ手が小さく、黒檀《こくたん》のように黒かったので驚いた。手を目に近づけた。意のままに動かせるところをみると、それは自分の手だった。しかしそれにしてもすっかり変わってしまっていた。どうしてそういうことになったのか聞こうとして立ちあがると、正面の壁にかかっている鏡が目に入った。そこには、顔に驚きの表情をうかべ、包帯を巻いた、パジャマ姿の美しい黒人の若い女の子が車椅子に座って映っていた。私は鼻に触ってみた。鏡の映像も同じことをやった。顔や首筋を手でさぐっていったが、胸に達したとき、驚愕のあまり叫び声をあげた。ただ、その声は女のような甲高い悲鳴だった。

「いったいどうなっている！」

鏡におおいをしなかったと言って、看護師はだれかを叱りつけてから、私に向かって言った。

「泰平ヨンさんですよね？」

「そうだ。あたりまえだ！　これはどういうことだ？　あの女の子は――あの黒人の？」

「移植したんです。ほかに方法がなかったので。あなたの命を救わなくてはならなかったので。あなたを――と言うことは、あなたの脳を救うためです！」看護師は、私の腕を抑えて、早口で、だがはっきりと言った。私は眼を閉じた。そして眼をあけた。

不意に気力を失った。すさまじい形相をして外科医が入ってきた。

「何をしている！」かれは吠えた。「患者がショックをうけるかもしれないんだ！」

「もうショックをうけています」看護師が言い返した。「シモンズのせいですよ。かれに鏡におおいをしておくように言っておいたんですからね！」

「ショックをうけただと？　それじゃなにを待っているんだ？　手術室へ運ぶんだ！」医師が命じた。

「いやだ！　やめてくれ！」私は悲鳴をあげた。

女の子の声で泣きわめく私のことばなどだれも意に介さなかった。顔に白い布がかぶさってきた。懸命にそれを引き裂いてやろうとした——だが徒労に終わった。運搬車のゴムの車輪が、タイル張りの床の上を転がっていくのが聞こえたし、それを体で感じた。そのとき、鋭い炸裂音が響き渡り、窓ガラスが激しく震えてくだけ散った。炎と轟音が病院の廊下を包んだ。

「抗議派だ！　抗議派だぞ！」だれかが叫んでいた。逃げまどう連中の足許でガス弾が炸裂する音がした。布を体から引きはがそうとしたが、紐で縛りつけてあったのでとれなかった。脇腹に鋭い痛みを感じ、意識を失ってしまった。

我に返って気がついてみると、どろどろしたジャムの中に寝ころんでいた。それはさっぱり甘味のない、ツルコケモモのジャムだった。腹這いになっている私の上に、なにか大きな、かなりやわらかいものがのっていた。それを足で押しのけてみると、マットレスだった。煉瓦屑が膝や掌に食いこんでいて痛かった。両腕で体を起こしながら、ツルコケモモの種と砂利粒を吐きだした。隔離病室は、爆弾が落ちたような様相だった。窓枠が外れて、まだくっついていたギザギザのガラスの破片が抜け落ちて床に突き刺さった。ひっくり返ったベッドの金網は焦げていた。私のそばに、ジャムで汚れた一枚の大判の紙が落ちており、なにか文章が印刷してあった。私はそれを拾いあげて目を通した。

殿（氏・名）貴殿は目下、当国立実験病院に入院中である。貴殿の生命を救うために、できる限りの・万全の（不要なものは削除）処置がとられた。貴殿に対して当院最高の外科医が最新の医学の成果にもとづいて、手術1・2・3・4・5・6・7・8・9・10（不要なものは削除）を行なった。貴殿の体のある一部を第三者より取得した器官と交換せざるをえなかったのは、貴殿のためを考慮してのことであり、それは、上院および国会によって採択された連邦法（官報 1989／001／89／1を参照）にしたがって行なわれた。貴殿が通覧されている当通告書は、貴殿が新たに生じる生活条件に首尾よく順応される一助となるべく、誠意をもって認《したた》められた。貴殿の生命を救ったのが当院であることに留意願いたし。しかるに、やむなく貴殿の手・足・脊椎・頭蓋・頸部・腹部・腎臓・肝臓（不要なものは削除）を除去せざるをえなかった。しかし、それらの遺骸についてはなんら懸念される必要はない。遺骸は、貴殿の宗旨に準じて然るべく処理され、その宗教の指示するところに忠実に従い、その葬儀をとり行なった・荼毘《だび》に付した・防腐処理をほどこした・屍灰を風に吹き散らした・屍灰を骨壺に納めた・祓《はら》い清めた・ごみの中へ撒き散らした（不要なものは削除）。かくして、貴殿は幸福にして健康な生活を送ることになるわけだが、その新たな状態は貴殿にとっていささか唐突であり、とまどわれるかもしれない。しかし、他のすべての患者と同様に、貴殿もすみやかにその状態に順応されるであろうことを、当院は責任をもって保証するものである。貴殿の体は、当院が入手しうるなかで、最も良質の・最も精度が高い・満足すべき（不要なものは削除）器官を用いることによって、万全が期されている。貴殿に用いた器官の保証有効期間は、一年・六カ月・三カ月・三週間・六日（不要なものは削除）である。了解をえておかなくてはならないことは……

ここで紙はちぎれていた。やっとそのときになって、その紙の上の余白にブロック体で、泰平ヨン　手術6、7、8、**部品一式**と書きこんであることに気がついた。手にもっている紙が震えはじめた。畜生、体に何が起こった？　自分の指すら見るのがこわかった。手の甲に赤毛がびっしりと生えている。全身が震えはじめた。立ちあがって壁にもたれかかったが、眩暈《めまい》がした。バストがなくなっていた。これは悪くない。あたりは静まり返っている。だが、窓の外で小鳥が囀《さえず》っていた。よりによってこんなときに囀るとはどういうつもりだ！　**部品一式**。どういう意味だ、**部品一式**とは？　おれはだれだ？　泰平ヨンだ。間違いなくそうだ。いや、本当にそうだろうか？　まず最初に、足に触ってみた。たしかに二本ある。だが曲がっている――X脚だ。腹はぶざまに出っ張っている。指が、井戸にでも突っこむように、すっぽりと臍《へそ》に入る。ぶよぶよの脂肪の襞《ひだ》……なんてざまだ、畜生！　いったいどうなったんだ？　たしか最初はヘリコプターだった。あれは撃墜されたんだろうか？　それから救急車だ。おそらく手榴弾か地雷にやられたんだ。つぎが、可愛い黒人の子になって――そのあとが抗議派の過激グループだ――廊下だったぞ――手榴弾を投げこまれたんだろうか？　彼女はどうなったんだ、あの哀れな子は？……そして今また……しかしこの惨状は、この瓦礫の山はどういうことだ？

「オオーイ」私は叫んだ。「だれかいないか？」

自分の声にぎょっとして黙りこんだ。すばらしい声だった。その声はオペラのバスのように響き渡ったのだ。当然、鏡を見たい。だがそうするのがひどくこわかった。手を持ちあげて頬に触ってみた。畜生、なんてこった！　ごわごわした長い毛でおおわれている！……あごを引いて自分のひげを見てみると、もつれた赤毛がパジャマの胸元を半分おおっていた！　赤ひげだ！　かまわない、剃ればすむ……テラスへ出た。小鳥がまだ囀っていた――馬鹿なやつめ。ポプラ、プラタナス、灌木――これはいったいなんだ？　庭だ。国立病院の？……ベンチにだれかが座っていた、パジャマのズボンをたくしあげ、肌を日で焼いている。

「オオーイ」私は大声で呼びかけた。

男がこちらを見た。それは妙に見覚えのある顔だった。私は瞬きした。なんだ、あれは私の顔だ、自分だ！　三跳びで外へ出ていた。そしてあえぎながら、己自身の姿をつくづくと眺めた。まったく疑問の余地はない――それは私だったのだ！　「どうしてそんな目で私を見るんだ？」相手は自信なさげに話しかけてきた、しかも私の声でだ。

「それをどこで……どうやってあんたが……いったいどうなってる？」私はしどろもどろだった。「君はだれだ？　なんの権利があって……」

「おお、君か！」

そこの私は――と言うことはかれのことだが――立ちあがった。

「わたしだよ、トロッテルライナーだ」

「しかし、どうして……いったいぜんたいなんであなたが……なぜ……」

「この件には私はいっさい関係してない」かれは真剣な口調で言った。私《かれ》の唇が震えていた。「ここへ押し入ったんだよ、やつらが、そう、ヒッピーども――例の抗議派の過激グループだ。で、手榴弾が爆発した……君の状態は絶望的だった。そして私もだ。だから、私も隣の個室に入れられていた」

「絶望的とはよく言ってくれるよ！」私は腹をたて、声を荒らげた。「知らないと思っているのか。わかっているんだ。どうなんだ、あなたも承知の上なんだろう！」

「まあ待ってくれ。私は気を失っていたんだ。誓ってもいい！　フィッシャー博士が――ここの外科医だが――全部説明してくれた。かれらは最初に手持ちの器官といちばん上等な体を使ってしまったから、私の番がきたときには、屑しか残っていなかったんだ。だから……」

「よく言ってくれたもんだ！　わたしの体を手に入れただけではたりずに、まだそういうやきもちをやくとは！」

「別にやきもちをやいているわけじゃない、ただ、フィッシャー博士が言ったことを繰り返したまでだ！　かれらも最初はこれが――」と言って自分の胸を指した。「あまり適当だとは思わなかったんだが、他になければ、これを生き返らせるのがいちばんいいということになったわけだ。それに、君はすでに移植されていたんだから……」

「わたしが？……」

「ああそうだ。つまり君の脳だがね」

「それじゃいったいこれはだれだ？　つまりだれだったんだ？」私は自分の体を指して言った。

「抗議派の連中の一人だ。リーダーかなんかだったらしい。起爆装置の扱いかたを知らなかったんだな、頭に破片をくらったという話だ。ま、そんなわけで……」と言って、トロッテルライナー教授は私の肩を叩いた。

身震いがした。その体に嫌悪を感じ、それにどう対処していいのかわからなかった。憎悪を感じた。厚い角張った爪は、まるで知性を感じさせない！

「これからどうしたらいいんだろう？」とつぶやいて、膝が笑ったので、教授の隣に腰をおろした。「鏡を持っていないか？」

かれはポケットからとりだした。奪うようにしてひったくり、のぞきこんだ。隈《くま》ができた大きな目、ぶよぶよした鼻、ひどい状態の歯、二重あご。顔の下部は赤いひげに埋まっていた。鏡を返そうとして、教授がまたもや膝とふくらはぎを太陽にさらしているのに気がついた。それを見たとたん発作的に、私の皮膚はとびぬけて敏感なんだと警告してやりたくなった。だが、言わないでおいた。たとえ火脹《ぶく》れになろうと、それはかれの問題であって、こっちには関係がないんだ！

「さてこれからどこへ行こうか？」うっかり口をついてでてしまった。トロッテルライナーがにわかに活気づいた。かれの（かれのか？）理知的な目が、同情をこめて、私の（私のだといえるのか？）顔に注がれた。

「言っておくが、どこへも行かないほうがいいぞ！　やつは、破壊活動の常習犯として特殊警察とFBIに追われていた。手配書もまわっているし、見つけしだい射ち殺せという命令もでているんだ！」

身震いがした。いいかげんにしてくれ、もうたくさんだ！　畜生、きっとこれは幻覚にちがいない！――私はそう思った。

「幻覚じゃない！」教授がいきいきとして答えた。「現実だよ、きみ、隅から隅まで全部現実だ！」

「それじゃなぜ病院にだれもいないんだ？」

「理由を知らないか？　ま、無理もない、君は意識を失っていたからな……目下ストライキ中なんだよ」

「医者が？」

「そうだ。ここの職員全部がストに入ったんだ。過激派がフィッシャー博士を誘拐したんだ。そして、かれを解放する代わりに君を引き渡せと要求してきた」

「このわたしを引き渡せだって？」

「そう、そういうこと。連中は知らないんだ、君がもうあいつじゃなくて泰平ヨンだってことだ。わかるだろ……」

頭が割れるように痛んだ。

「自殺してやる！」私はかすれた低い声で言った。

「よしたほうがいい。また移植されるためにそんなことをするのか？」

どうすればこれが幻覚ではないということをたしかめられるか、懸命に頭をしぼって考えた。

「しかし、もし……」私は立ちあがりながら言った。

「もし——なんだ？」

「もし私が君の背中に乗っかって行くとしたら？　それだったらどうだ？」

「乗っかるだと……なんてことをいいだすんだ？　気でも狂ったのか⁉」

目で距離を測り、身がまえてかれの背中に跳び乗った。だがそのまま背中を跳び越して、下水溝に転落した。あやうく、悪臭を放つ黒いどぶ水で窒息しそうになった。だというのに、どうだこの気分のいいことは——下水から這いあがってみると、鼠の数がかくだんに減っていた。どうやらどこかへ行ってしまったらしい。残っているのはたったの四匹だった。ぐっすりと眠りこんでいるトロッテルライナー教授の膝のすぐそばで、連中はかれのトランプを使ってブリッジをやっていた。私は震えあがった。幻覚剤の濃度が異常なほど高いと考えてみても、本当に鼠がブリッジをやるなんてことがありえるのか？　私は、いちばん太ったやつが持っているカードを肩ごしにのぞきこんだ。手札はまるででたらめで、どうしようもなかった。これでブリッジなどとはおこがましい！　ま、話にもなにもならなかった……私は安心した。

万が一ということがあるから、絶対に下水道から一歩も動くまいと、腹をきめた。たとえほんのしばらくの間でも、やっかいな立場に立たされている以上、それが充分な救いになったからだ。この先、まず最初に必要になるのは証拠のはずだ。さもなければ、またなにでくわすかわからない。顔に手をやった。ひげもマスクもない。マスクはどうしたんだ？

「あたしだったら――」トロッテルライナー教授が、目を閉じたまま言った。「ちゃんとした娘なんだから、そこんところを考えてもらいたいわ」

そう言うと、注意深く返事を聞きとろうとでもするように、耳をそばだて、さらに言った。

「しとやかぶってこんなこと言ってるんじゃないの。こう言えば、その気にさせてくれるかもしれないなんて思ってないわよ。本当に品行方正なのよ、指一本触れないで、そんなことしたら死んでやるから」

(なんということだ!)私は思った。(あいつも下水道へもどりたがっている!)

さらにかれの言うことを聞いていて、少し安心した。教授が幻覚を見ているという事《こ》実《と》は、とりもなおさず、私はそうじゃないという証拠なのだ。

「もちろん、歌をうたってもいいわよ」教授が言った。「おとなしい歌だったら別に害にはならないわ。あなた、伴奏を入れてくれる?」

だが、やはりこれは単に寝言を言っているだけかもしれない。これではっきりしたことはなにもわからない。ためしに、やつの上へ乗っかるのはどうだろう? しかし、乗りそこなって下水にころがり落ちるかもしれない。

「どうしたのかしら、声の調子が悪いわよ。それにママがあたしを待ってるの。お願い、ついてこないで。送ってくれなくていいから!」トロッテルライナーはきっぱりと言った。私は立ちあがると、懐中電灯であたりを照らしてみた。鼠たちは消えうせていた。スイスの未来学者のグループは、壁ぎわに並んでいびきをかいていた。そのそばで、空気でふくらました椅子に、記者とヒルトン・ホテルの支配人たちが入り混じって寝ていた。かじりちらした鶏の骨とビールの空缶がいたるところに散らかっていた。これが幻覚だとすれば、おそろしく現実感があるなあ、とつぶやいた。だが、断じてそうではないと思いたかった。決定的で覚めることのない、最終的な夢であってほしかった。上のほうで鳴っているあの音はなんだ？

通常爆弾か誘愛弾がときどき爆発し、それが鈍い音で反響しているのだ。近くで大きな音をたてて水を打つ音がした。黒い水面が割れて、トロッテルライナー教授のゆがんだ顔が現われた。私は手を差しだした。上へ這いあがってくると、身震いをして言った。

「馬鹿げた夢を見たな」

「若い女になった夢だろ、え？——気がすすまなかったが、わたしがほうりこんだのだ」

「くそっ！　するとまだ幻覚を見ているのか⁉」

「どうしてそうだと思うのだ？」

「妄想でなければ第三者が私の夢の内容を知っているわけがないだろう」

「わたしはただ君が喋っていたことを聞いただけだ」私は説明した。「教授、あなたは専門家だから、ひょっとしたら、人が正常なのか幻覚症状で苦しんでいるのかたしかめる、なにかたしかな方法を知っているんじゃないのか？」

「わしはいつも覚醒剤を持ち歩いている。ケースは水に濡れたが、錠剤はなんともない。この薬は、夢うつつの状態や幻覚症状、幻想、悪夢、なんでも追っぱらってくれる。どうだ、ためしてみるか？」

「その薬にはそういう作用があるかもしれない」私はつぶやいた。「しかし、その錠剤自体が幻覚の産物だったら、絶対にそうはいかない」

「われわれが幻覚を見ているんだったら、目が覚めるし、そうでなければ、ぜんぜん何も起こらないさ」教授は私にそう保証して、自分の口の中へピンク色の錠剤をおしこんだ。私も、かれが差しだした濡れているケースから一粒つまみだし、舌の上へのせ飲みくだした。そのとき、頭上で大きな音をたててマンホールの蓋が開いて、ヘルメットをかぶった降下兵の頭がのぞき、わめいた。

「急いで上ってこい、出発だ。ぐずぐずするな、立て！」

「ヘリコプターでか、それとも背嚢か？」ものわかりのいいところを見せて聞いてみた。

「しかし、私のことだったら、ほっといてくれていいぞ、軍曹」

そして壁ぎわに座りこんで、腕を組んだ。

「あいつは気がふれたのか？」軍曹は、鉄梯子を登りはじめたトロッテルライナーに的を射た質問をした。ちょっとした騒ぎになった。スタンターが私の肩を摑んで、引っぱり上げようとしたのだ。だが、その手を振り払った。

「ここに残りたいのか？　だったら勝手にしろ……」

「その言いかたはないだろう。うまくやれよとぐらい言ったらどうだ」私はたしなめてやった。仲間はつぎつぎと、開いているマンホールの穴から姿を消していった。火が輝いているのが見え、号令をかける叫び声が聞こえてきた。鈍い音がしたから、連中が飛行背嚢で飛び立っていくことがわかった。妙だ――ふと冷静になった――いったいこれはどういうことだ？　私が、連中に代わって幻覚を見ているのだろうか？　代理で？　そして、この世が終わるまで、ここでこうやって座っていることになるんだろうか？

それでもまだ動かなかった。マンホールの蓋が大きな音をたてて閉まり、私はたった一人でとり残された。コンクリートの上に立ててある懐中電灯が、天井に光の輪を反射して、あたりをぼんやりと照らしだしていた。鼠が三匹そばを通りかかった。そいつらの尻尾がきっちりと編んであった。なにか意味があるのだろうか？――独りごとを言った――だが、それは聞かないほうがよさそうだった。

下水溝で水をうつ音がした。やれやれ、またか――私はぼやいた――で、今度はいったい何の番だ？　ねっとりとした水面が割れ、ゴーグルと酸素ボンベを着け、銃を持ったダイバーのきらきらと輝く五つの姿が現われた。連中はつぎつぎと通路に這いあがってくると、鰭《フィン》をペタペタいわせながら私のほうへ近づいてきた。

「¿Habla usted español?（スペイン語が使えるか）」先頭の男が、頭からマスクを引き剝がしながら私に話しかけた。浅黒い顔と濃い口ひげが現われた。

「いいや」私は答えた。「しかし、断言してもいい、君は英語が喋れるはずだ、そうだろう？」

「えらく生意気な他所者《グリンゴ》だ」そいつが、もう一人のひげ面と一緒に吐き捨てるように言った。号令でもかけたかのように、全員がマスクをかなぐり捨て、私に銃口を向けた。

「下水に飛び込まなきゃならないのか？」陽気に言ってやった。

「壁に向かって立つんだ。手を高く上げろ！」

肋骨に銃口が当たるのを感じた。この幻覚がやけに細かいところまではっきりしていることに気がついた――自動拳銃は、水に濡れないようにナイロンの袋でくるんであった。

「ここにはもっと大勢いました」ひげ面が、苦労してタバコに火を点けようとしている黒髪の太った男に言った。どうやらその男が隊長らしかった。この避難場所を隈なく照らし、騒々しい音をたてて空缶を蹴とばし、椅子をひっくり返していたが、しばらくすると将校が言った。

「武器は？」

「調べましたが、この男は持っていません、大尉殿」

「手をおろしていいか？」私は壁を向いたままで訊いた。「眠りこみそうだ、この手が」

「すぐ眠れるさ、ぐっすりとな。射ち殺《バラ》しますか？」

「うん」将校が鼻から煙を吐きだしながら、うなずいた。だが「いや、待て！」と言い直した。

そいつが尻を振りながら私のほうへ近づいてきた。男はベルトに紐で金の指輪を束にしてくくりつけていた。

「ほかの連中はどこへ行った？」かれが尋ねた。

「私に聞いているのか？　連中だったら、幻覚に襲われてマンホールから出ていったよ。しかし、おまえだってそれは知ってるはずだ」

「大尉殿、こいつは頭がいかれています。楽にしてやりましょう」ひげ面はそう言うと、ナイロンの袋に入れたままの状態で拳銃の安全装置をはずした。

「銃は使うな、馬鹿者」将校が言った。「そんなことをしてみろ、袋に穴があくだろ。そうなったら、別のをどこで見つける気だ。ナイフを使え」

「横から口をはさませてもらうが、できれば弾丸《たま》にしてもらいたいもんだ」わずかに手をおろしながら言ってやった。

「ナイフを持っている者は？」

連中が探しはじめた。もちろんやつらは持っていない――私は思案した――だとすることとがあっさりかたづきすぎるぞ。将校は吸殻をコンクリートの上に投げ、いまいましげに鰭《フィン》の先端で踏み潰し、ペッとつばを吐いて言った。

「こいつをしまつしろ。でかけるぞ！」

「よし、好きなようにしたらいい！」私は腹だちまぎれに言った。

連中は好奇心をそそられて、私に詰め寄った。

「どうしてそんなにあの世へ急ぎたがるんだ、おい？」「見ろよ、このデブを、殺してくれって頼んでいるぞ！」「しかし、こいつの指と鼻を切り落とすだけでいいんじゃないか？」連中はてんでに勝手なことを言った。

「やめろ！　いいかげんにして、さっさとやってくれ。お情けなんてまっぴらだ、思いきってやったらどうだ！」私は連中をあおった。

「水の中へ飛び込め！」将校が命令した。連中はいっせいにマスクを額から顔へ引きおろした。すると将校が外側のベルトを外し、内ポケットから平らなリボルバーを取りだすと、銃口をふっと吹き、安っぽい西部劇のカウボーイのような銃さばきで私の背中めがけて発砲した。嫌な痛みが胸をつらぬいた。私の体が壁をつたってずるずると沈みかけると、将校は首をつかんで顔をうわむかせ、もう一発射った。あまりにも近かったので私は銃火で目が眩《くら》んでしまった。だが銃声は聞かなかった。意識を失ってしまったからだ。そのあと窒息したまま、非常に長いあいだ真の闇につつまれていたが、やがて体を引っぱられ、下から持ちあげられた。救急車やヘリコプターでなければいいがと願った。やがてその暗闇がさらにいちだんと濃くなり、しまいには、その暗黒が行きつくところまでいき、もはやなにも存在しなくなってしまった。

目を覚ますと、そこは、ガラスが白いペンキで塗り潰された狭い窓がひとつある部屋の中で、こざっぱりしたベッドの上にいた。私は、だれかを待っているかのようにぼんやりとドアを眺めていた。ここがどこで、どこからここへ連れてこられたのか、さっぱりわからなかった。足には踵の低いサンダルをはいており、縞のパジャマを着ていた。特に面白くなくてもいいから、せめてなにか目新しいことが起こってくれればいいのだがと、ふと思った。ドアが少し開いた。そこに、白衣を着た一団の若い連中にかこまれて、きちんと白髪に櫛を入れ、金縁の眼鏡をかけた、小柄なひげ面の男が姿を見せた。かれは手にゴムの槌《つち》を持っていた。

「これは興味深い例だ」男が言った。「諸君、これは非常に面白い症例だ。この患者は四カ月前に幻覚剤を大量に摂取し、中毒症状を起こしたのだ。もちろんその作用はすでに消えてしまっている。ところがかれはそれを信じようとせず、あいかわらず今でも目に映るものはことごとく幻覚の徴候だと思いこんでいるのだ。患者の精神異常は非常に進行していた。だから、占領された宮殿から下水道を通って脱出してきたディアス将軍の兵隊たちに、自分から射ち殺してくれと頼んだのだ。それは、死ねば実際に幻想から覚めると思っていたからだ。たいへんな大手術を三度行い――心室から弾を三発摘出したのだ――命はとりとめたが、当人はまだ幻覚を見ていると思っている」

「つまり精神分裂症なんですか？」甲高い声で背の低い女のインターンが訊いた。彼女は立ちはだかっている同僚たちに体を割りこませることができず、かれらの肩ごしに私をのぞこうとして背のびしていた。

「いや、ちがう。これは新しい種類の反応を伴う精神病で、無法とも言える致死量の薬品を摂取したためであることは疑うまでもない。まったく絶望的な症例だ。患者の症状は予断を許さない。したがってただちにガラス化の処置をとることに決定した」

「本当ですか、教授？」女性インターンが、興味を露わにして言った。

「そうだ。承知のように、今では治療に望みがない症例は、四十年から七十年のあいだ、液体窒素で冷凍にしておくことができる。そうした病状にある患者はだれもが、病歴を詳細に記録したカルテと一緒に、一種のデュワー瓶（イギリスの物理学者デュワーが発明した。俗に魔法瓶といわれる）とも言うべき密閉した容器に収められる。医学が進歩し新しい発明がなされるにしたがって、そうした患者が保存されている地下室の棚卸しが行なわれ、治療できるものは全部生き返らせるのだ」

「冷凍にされてもいいの?」女性のインターンが、体格のいい二人のインターンのあいだから頭を突きだして、私に聞いた。彼女の目は学問的な好奇心で燃えていた。

「私は幻を相手にして喋っているわけじゃない」私は言い返した。「しかも、君の名前だって言える――幻子だ」

ドアが閉まったが、女性インターンがまだ話している声が聞こえていた――あれこそ冬眠よ! ガラス化されているんだわ! まさに時間の中をさまよっていると言えるわね。なんてロマンチックなんでしょう!――その意見には同意できなかった。だが、そういう手のこんだでっちあげに抗議してみてもはじまらない! 翌日の夕方、看護人が二人して私を手術室へ運びこんだ。そこには、氷のように冷たい蒸気を噴きだしているガラスの容器がおいてあった。おかげで息が凍りつきそうだった。やたらに注射を打たれたあと、手術台に乗せられ、細い管《くだ》で甘味のある透明な液体をたっぷり注ぎこまれた――看護師長が教えてくれたのだが、それはグリセリンだった。かれは私に好意をもっていたからだ。私はかれに幻男という名前をつけてやった。すでに眠りに落ちかかっていたが、かれは私の上にかがみこんで、まだ耳もとで怒鳴っていた――いい夢を見ろよ！

私はかれに答えることも、指一本動かすこともできなかった。相当時間がたってから――数週間たったように思えた！――連中がひどくせいていたことが――私が意識を失う前に容器の中へ私を投げこんだことが、ひどく気になりだした。どうやら連中は急いでいたようだ。私の耳にとどいた、あちらの世界からの最後の音が、体が液体窒素の中に落ちたときにたてた音だったからだ。それはひどく不快な音だった。

無

# 無

無。

完璧な無。

なにかありそうに思えた。だがなにもなかった。無。

ここにはなにもない——私も存在しない。

まだどのくらい続くのだ？　無。

確信はないが、なにかありそうだ。意識を集中する必要がある。

なにかがある。だが、かなり小さい。状況がちがっていたら、なにもないと思うはずだ。

白く青い氷河。すべてが氷でできていた。私も。

これほどひどい寒さでさえなかったらこれは美しい氷河だった。

氷の針、雪の結晶。北極。口の中の氷塊。骨の中の骨髄は？　骨髄は、純粋で透明な氷だ。氷でできていて、固い。

冷凍食品さながらにコチコチに凍《い》てついている——それが私だ。だが、〈私〉とはどういう意味だ？　これは問題だ。

　こんなに寒い思いをしたことはこれまで一度もない。残念ながらまだ〈私〉とはどういうことか、それがわからない。〈私〉とは私のことだろうか？　つまり何のことだ？　氷河だろうか？　氷山に小さな穴があいているのだろうか？

私は光を浴びている冬のカリフラワーだ。やっと春がきた！　すべてのものが、もう溶けはじめている。まっさきに私が溶けている。口の中には、氷柱《つらら》か舌がある。

だがそれは舌だ。私は捻《ひね》られ、曲げられ、転がされ、さらには叩かれている。プラスチック板の下に横たわっており、上のほうに電灯がある。温室で栽培されるカリフラワーのことが頭に浮かんだ。うわごとを言ったにちがいない。白い——あたり一面、真っ白だ。だが、それは壁であって、雪ではなかった。

私は解凍された。感謝の気持をこめて、日記を書くことにした——まだかじかんでいる硬い手にペンが握れるようになったらすぐ。なにしろまだ目の中で、氷の虹と青い光が舞っている。おそろしく寒い。だが少しずつあたたかくなっていく。

◇

## Ⅶ・二七

三週間して何とか生き返った。かなり苦労した。ベッドに座って、これを書いている。昼間は大きな部屋を与えられているが、夜は狭い部屋だ。私の看護にあたっているのは、銀のマスクをつけた可愛い子たちだ。中には、胸《バスト》がない子もいる。物が二重に見える。あるいは主治医に頭が二つ付いているかだ。食事は、ごくあたり前のものだ——碾割麦《ひきわり》の粥《かゆ》、捻りパン、ミルク、オートミール、ビーフステーキ。オニオン・スープが少々焦げている。氷河はもう夢の中にしか現われない——だが、なかなか消えない。私は寒さでこごえ、体が麻痺し、凍りつき、朝から晩まで雪をかぶり、悲鳴をあげている。湯たんぽや行火《あんか》があっても役に立たない。それよりは眠る前にやる一杯のアルコールのほうがはるかに効き目がある。

Ⅶ・二八

オッパイのない子たちは男のインターンだ。さもなければ、性の区別ができない。全員、背が高く美人で笑顔を絶やしたことがない。私は体が弱り、子供みたいに小うるさくなり、たえずいらいらしている。今日は注射を打たれたあとで、師長の尻に針を突き刺したのだが、私にほほえみかけるのをやめなかった。たまにだが、氷塊に――と言うことは、ベッドに――乗ったまま漂流しているような気がすることがある。天井に鬼や蟻、牛、うじ虫、甲虫《かぶとむし》を映して見せてくれる。だがなぜだ？　読ませてくれるのは、子供の新聞だけだ。間違えているのか？

Ⅶ・二九

すぐに疲れる。だが、自分ではわかっている。前に、と言うことはつまり蘇生が始まったころは、夢見ごこちの、ぼんやりした状態だった。そちらがいいようだ。あれが正常なのだ。何十年も過去からやってきた者は、徐々に新しい生活に慣れるべきだ。潜水夫を深海から引きあげる手順のようにだ。ダイバーを非常に深いところから急いで引きあげることはできない。解凍者を——これははじめて知った新しいことばだ——徐々に段階を追って未知の世界に順応できるようにするにはその手を使うしかない。今は二〇三九年の七月。夏だ。晴天が続いている。私を担当している看護師の名はアイリーン・ロジャーズ。目はブルーで、年は二十三歳。私が二度目の誕生をした場所は、ニューヨーク郊外にある蘇生院《レビタリウム》。別称——復活センター。人々は普通にそう言っている。だが実際には公園まであるひとつの町だ。ここには独自の製粉所や製パン所、印刷所がある。この時代にはすでに穀物も書籍も存在しないからだ。だが、パンやコーヒーに入れるミルクやチーズはある。牛から採るのではないか？　看護師は、牛のことを機械かなにかだと思っていた。どうも納得がいかない。いったいどこから牛乳を手に入れるんだろう？　草からだ。草からだということはわかっている。だが、乳をだすために草を食うものがいるはずだ。なにが食うのだろう？　ところが草を食うものなどいないのだ。だとすると、牛乳はいったいどこから手に入れるのだ？　草からだ。ひとりでに？　ひとりでに牛乳が草からできるのだろうか？　いや、ひとりでにできるわけがない。つまり完全にひとりでに、というわけではない。助けがいる。すると牛が手を貸しているのだろうか？　ちがう。ではいったいどんな動物だ？　動物なんてどんな種類にしろ一匹もいない。ならば牛乳はどこから現われるんだ！　これではいつまでも堂々巡りだ。

二〇三九・Ⅶ・三〇

実は簡単で——牧場になにかを散布し、太陽の光が当たると草からチーズができるのだ。だが牛乳のことはまだわからない。結局はどうでもいい。起きられるようになる——ただし車椅子に乗ってだが。今日は白鳥がいっぱいいる池を眺めおろした。よく馴れている。呼べば寄ってくる。馴らしてあるのだろうか？　いや、操られているのだ。操るとはどういう意味だ？　どのくらいの距離から操られているのだ？　リモート・コントロールだ。妙な話だ。天然の鳥はとっくにいない。二十一世紀の初頭に絶滅してしまったのだ。スモッグのためだ。少なくともそれはよくわかる。

二〇三九・Ⅶ・三一

現代生活に関する講義を聴きに通いはじめる。講義をするのはコンピューターだ。何を質問しても答えてくれない。「あとでわかる」と答えるだけだ。ここ三十年間、地球上には全面的武装放棄によって安定した平和が続いている。軍隊はほとんど残っていない。すでにロボットのモデルは見せてもらった。台数が多いだけではない、機種も豊富だ。だが、蘇生院には一台もいない——解凍者をおびえさせないためにだ。福祉は遍《あまね》くいきわたっている。教師《ティーチングマシン》にいわせると、私が聞きたがることとは、どうでもいいくだらないことばかりだそうだ。講義は小さな部屋にあるコンソールの前で、音声と映像と三次元投影を使って行なわれる。

二〇三九・Ⅷ・五

蘇生院を離れてもう四日以上になる。現在の地上の人口は二百九十五億だ。国家と国境は存在するが、紛争はない。今日は、古い人間と新しい人間の基本的な違いがどこにあるのかを学んだ。それを理解する重要な鍵は精神化学《サイコケミストリイ》だ。現代は、精神化文明《サイビライゼーション》の時代である。〈精神的〉や〈精神の〉ということばは存在しなくなった——それに代わって今では〈精神化学的〉とか〈精神化学の〉ということばを用いる。コンピューターに言わせると、動物から受け継いだ旧大脳と新大脳との矛盾が人類を引き裂いているのだそうだ。古いほうは衝動的で、理性がなく、利己的で、ひどく残酷だ。新旧両方がそれぞれ別の方向に引っ張り合っているのだ。これ以上のことを話すのは、まだ私には無理だ。要するに古い大脳が新しいのと絶えず闘っているわけだ。と言うことは、新しいのと古いのが闘っていることでもある。精神化学は、かつて知的エネルギーを惜しげもなく浪費していた内面的葛藤をきれいに取り除いてくれたのだ。精神化学薬品は、われわれに代わって旧大脳に然るべく影響をあたえる――つまり旧大脳を宥《なだ》め、心から善意をもって説得してくれるのだ。自然の感情をあてにしてはならない。そういうことをするのは、不作法な人間だけだ。常に状況に応じた薬を服用する必要がある。それは、人を助け、支えになり、導き、向上させ、ぎこちなさを取り除いてくれる。しかもそれだけではなく、むしろ自分の体の一部になるのだ。ちょうど、使い慣れている度の合った眼鏡がないと物が正確に見えないのと似ている。そういう科学があることを知って私はショックをうけている――新しい人間と接触するのがこわい。どうしても精神化学剤を飲む気になれない。教師《マシン》に言わせると、それは典型的な、当然の抵抗だそうだ。穴居人だって、電車に乗ることを拒否するはずだ。

二〇三九・Ⅷ・八

看護師と私はニューヨークにでかけた。みどりが多い。雲の高度を調節できる。空気は森の中のように新鮮だ。町を歩いている通行人は、鸚鵡《おうむ》のように着飾り、その表情は気高く、慈愛に満ち、微笑をたやさない。急いでいる者は一人もいない。女性のファッションは、常にそうだが、少し異様で――額に動く絵を描いており、耳から、小さな赤い舌やボタンが突きだしている。生まれながらの自然の手のほかに、取り外し自在の手が何本もついている——これはボタンを外すための補助用の手だ。そういう手をやたらに付けることはできないが、一時だけなにか持つとか、ドアを開けたり、普通の手ではとどかない肩胛骨《けんこうこつ》のあいだを掻く程度の予備の手は必ずつけている。明日、蘇生院を出ることになっている。アメリカにはこの種の施設が二百カ所ある。にもかかわらず、前世紀に科学を信じきって氷風呂に入った大量の人間を解凍する作業が空転し、予定から大幅に遅れていた。冷凍された連中が長い列を作って待っていることを考えると、蘇生処理を速める必要がある。それは私にも充分わかる。銀行口座があるから、**新年**からは仕事のことで気を病む必要はなかった。なぜなら、解凍されたものはだれでも、複利計算による預金通帳に、いわゆる復活支度金がもらえるからだ。

**二〇三九・Ⅷ・九**

今日は私にとって重要な日だ。すでにマンハッタンに三部屋の住い《フラット》をもっている。テルコプターで蘇生院から直接ここへ運ばれた。それを省略して〈テルる〉とか〈コプる〉と言っている。だが私にはこのふたつの動詞のニュアンスのちがいがはっきりとわからない。以前は自動車であふれかえるごみ溜めだったニューヨークは、今では高層多段階方式の公園に変わっている。太陽光線はポンプの原理を応用してパイプで送られる。

それが給陽管《ソーラーダクト》である。ここほど躾《しつけ》がよく、わがままを言わない子供を、上品な物語はべつにして、いまだかつて見たことがない。私が住んでいる通りの角に、〈ノーベル賞候補自薦登録所〉がある。そばに画廊があり、そこでは本物の絵が保証書や鑑定書までついて二足三文の捨値で売られている——なかにはレンブラントやマチスの作品まである！　私の住いがある高層建築の別館《アネックス》には、小型空気電算機学校がある。ときどき——換気孔からだろうか？——シューとかプシュという音が聞こえてくることがある。そのコンピューターは、可愛がっていた犬が自然死したあと剝製にするためによく利用されている。私にはそんなことをするのはひどくグロテスクに思えるのだが、ところがここでは私のような人間はほんのわずかしかいない。町を歩きまわり、今では疾走機が動かせるようになった。これを動かすのはどうということはない。瑠璃《るり》色の上着を買ったが、それは胸の部分が白く両脇は銀色で、深紅の帯と金で縁どりした襟がついているという派手な代物だった。ところが、人が着ている服を見ると、それでもいちばん地味だったのだ。その気になればどんな服でも手に入った。たとえば、絶えずデザインと色を変える服。男性に見つめられると、あるいは逆に女性に見つめられると縮んで小さくなる下着。夜になると花のように萎《しぼ》んでしまうもの、テレビのブラウン管のようにいろいろなものを映しだし、その映像が動く下着やブラウスなど。だれでも勲章がほしければ、いくつでも好きなだけ付けることができる。帽子の上で日本の盆栽を水耕法で育てることもできるが、そんなものを作ったり頭の上へ載せて歩いたりしないほうがいい。耳や鼻になにもぶらさげる気はない。この美しく淑《しと》やかで愛想がよく落ち着いた連中には、どこかなんとなく特別で、ちがったところがあるという印象を、漠然とだが感じた——奇異な、少なくとも不安な気分にさせられるところが連中にはあるのだ。だが、それがなんだと訊かれても、私にもわからない。

**二〇三九・Ⅷ・一〇**

今日はアイリーンを連れて夕食にでかけた。楽しい晩だった。食事のあと、ロング・アイランドの〈古代遊園地〉を訪れた。大いに楽しんだ。注意深く人を観察する。かれらにはどこかちがったところがある。なにか特別なものが——だがそれがなんであるかがわからないのだ。なんだろう？　それをつきとめることができない。子供たちの服装——コンピューターと見間違えそうな服を着ている少年。もう一人別の少年は、雑踏でごったがえす五番街の上を、二階の高さで飛びながら、通行人にアマエンドウをばらまく。人は下から手を振り、鷹揚に笑っている。とても信じられない！

## 二〇三九・Ⅷ・一一

九月の天候の件でちょうど人気投票が終わったところだ。天気は、一ヵ月前に総選挙によって公平に決められるのだ。コンピューターがただちに投票結果をだす。然るべき電話番号をまわせば、それで投票したことになる。八月はわずかに雨が降るものの、あまり気温はあがらず、しのぎやすい晴天が続くことになっている。虹と積雲が多い。雨が降らなくとも虹がでるのは、虹を発生させる特別の方法があるからだ。気象管理代表部は、七月二十六、二十七、二十八日に間違った雲をだしたことを謝罪した——気象制御に技術上の手落ちがあったのだ！　食事は町へでてとったり、部屋ですませたりだ。アイリーンが蘇生院の図書館からウェブスターの辞典を借りだしてくれた。この時代は、書籍というものがないのだ。なにが本の代わりをつとめているのかわからない。彼女が説明してくれたが、まるで理解できなかった。だが、馬鹿だと思われたくなかったので、そうは言わなかった。ふたたびアイリーンと夕食——場所は〈ブロンクス〉。この可愛らしい娘は、いつも話題をかかしたことがない。いっさいの会話をハンドバッグのコンピューターに任せきっている点が、疾走車に乗った子たちとちがうところだ。今日、〈遺失物保管所〉で三個のハンドバッグが最初は物静かにお喋りをしていたが、そのうち口論をはじめたのを目撃した。通行人や、公の場所にいる人間全部に言えることだが、なんだか苦しそうに喘いでいるようだ。つまり、息遣いが荒いのだ。それがあたりまえの習慣なのだろうか？

**二〇三九・Ⅷ・一二**

勇気をだして、通行人にどこへ行けば本屋があるだろうかと尋ねてみたが、肩をすくめられるだけだった。私が話しかけた二人連れが立ち去りながら、「あれはきっとこちこちの溶け屋だよ」と言うのが聞こえた。被解凍者にたいする偏見があるのだろうか？　たまたま耳にした、意味不明のことばを書き留めておく――悟解、誤魔擦り、参罪、煩脳、宮有する、固突く、棍棒る、倅る《せがれ》。新聞には、叔母散、生感帯、バニラ膏、自慰快感車（自快車、快車）といった製品の広告が載っている。『ヘラルド』の地方版の記事の見出しに《半母から半母へ》というのがあった。そこには雌卵を欺した卵配とかのことが書かれていた。ウェブスターの大辞典から書き写しておく――**半母**　半女、半男の一種。共同で子供を産む二人の女のうちの一人を指す。**卵配**　語源は郵便配達人（古語）。正しくは精子配達人。許可された人間の卵細胞を家庭に配達する勃起収縮自在な人――私はこれが理解できるふりをするつもりはない――**叔母散**　叔父散、叔父母散を参照せよ。**百博**　学書を参照せよ。ヴァチカンの項も見よ――この馬鹿げた辞典は、同じような訳のわからない同意語も収録している――宮持する、宮領する・宮有する　一時的に宮殿を所有すること（借用するにあらず）。**バニラ膏**　特殊媚薬のこと――いちばんしまつが悪いのは、形は変わっていないのにまったく新しい意味をもつようになったことばだ。たとえばこうだ――**ハンター**　他人の考えを盗む者のこと。**ふりをする人**　存在するふりをする存在しない者のこと。**青二才**　供油ロボットのこと。青瓢箪から派生した語。**青瓢箪**　復活者、生き返った降下兵、蘇生した殺人の犠牲者のこと――と、こんな調子だ！　だがまだ先がある――起死、回生、再生と同じ意味を持つ**吹き返し**などだが、どうやら今では死体を生き返らせることはなんでもないらしい。だれもかれも――ほとんど例外なく――喘いでいる。エレベーターの中でも、通りでも、ありとあらゆるところでだ。だれもがいかにも健康そうで、血色がよく、陽気で、よく肌が焼けているのに、息を切らしている。私はちがう。だから、かれらだってそんなことをしなくてもいいはずだ。喘ぐのが習慣なんだろうか？　アイリーンに尋ねると、そんなはずはないと言って笑った。私だけにそう見えるのだろうか？

**二〇三九・Ⅷ・一三**

おとといの新聞が読みたくなり、部屋を上から下までひっくり返してみたが、どうしても見つからなかった。それを見てアイリーンがまた笑った——とは言っても、とても可愛らしくだ。新聞は二十四時間たつと消滅してしまう。それは、記事が印刷してある物質が空気に溶けるからだ。おかげで紙くずを始末する問題は改善されたというわけだ。アイリーンの女友達の歌手に——ちょっとしたレストランで私たちはタールストンを踊っていたのだ——土曜日の冥会でずりっくしないかと誘われた。だが返事をしなかった。なにを言っているのかさっぱりわからなかったからだ。それに、どうも聞き返さないほうがよさそうだった。アイリーンの説得に屈し、散財をして物質テレビを買った。普通のテレビはもう五十年前に姿を消している。最初は観るのがやっかいだ。それは、他人や、それに犬やライオン、風景、惑星といったものまでが、部屋の隅にいる人間に襲いかかってくるような印象をうけるからだ。しかもそれは、実体化されていて、現実の物や人となんらちがいがないのだ。ところが、芸術的水準のほうはきわめて低い。この時代の新しい衣装が、吹く装と呼ばれているのは、スプレーで体にじかに吹きつけて描くからだ。だがなんといってもいちばん変わってしまったのはことばだ。現在、〈生きる〉を〈生繰《いく》る〉、〈在《あ》る〉を〈在繰《あく》る〉と言うのは、繰り返し何度でも生きられるからだ。ここから多回動詞形が生まれた。だが、次のようなことばもある——前生《まえい》きる、後生きる、生き戻す、生き間違える、生き過ぎる、半生きるなどだ。こうしたことばの持つ正確な意味は私にもわからない。だからと言ってアイリーンとの逢瀬をことばの習得のための授業にしてしまうわけにはいかない。幻映というのは、命令で制御されている夢のことだ。コンピューターによって合成される夢素の配給公社、つまりその地域夢配局からそれをうけとって楽しむことができるのだ。日暮れ前にドリーミンが——という錠剤が——配られる。自分の腹におさめているだけで、人に言いはしないが、もはや疑問の余地はまったくない。誰もが喘いでいるのは間違いない。一人の例外もなく全員だ。だが、そんなことに注意を払うものはだれもいない——たとえ一瞬にしろ。ことに年をとった連中の息遣いが荒い。しかし、そうするのが習慣にちがいない。なぜなら、完全に呼吸ができたし、呼吸困難に陥ることは論外なのだ。今日、隣に住んでいる男がエレベーターから降りてくるのを見た——空気をむさぼるように吸いこみ、顔色が少し青ざめていた。ところが近くで見ると、十分に健康だとわかった。なんでもないことかもしれないが、どうも不安を感じる。いったいどういうことだ？　鼻だけで呼吸している者も若干いる。

今日、タラントガ教授と夢見《むけん》（夢会？　夢逅《むこう》？）した。無性に懐かしくなったからだ。だが、どうしてかれはいつまでも籠の中に座っているのだろうか？　これは私の潜在意識なんだろうか？——それとも命令が狂っていたのか？　アナウンサーは、大戦争と言わないで大争と言う。職業安定所を職安と言うようなものか？　奇妙な感じがする。これまで私は〈物質テレビ〉と書いていたが、今はけっしてそうは言わない。還視と言う（物質還元視聴テレビを省略したのだ）。それをてっきり監視だと思って、勘違いしていた。アイリーンが今日は当直だったから、部屋で――居住単位で――新刑法をめぐる円卓討議を見ながら一人ですごした。殺人を犯しても、現行犯で逮捕されなければ罪にはならない。なにしろ被害者をいとも簡単に生き返らせることができるからだ。つまりそうやって蘇生された人間のことを青瓢簞と言うのだ。故意に累犯を重ねると――これを予謀性常習犯罪という――禁錮刑に処せられる（何度も連続して同一人物を殺害した場合）。いっぽう、悪意をもって他人の所有する精神化学薬品を奪うか、もしくは同様の手段で、相手に通告せず同意を得ないまま第三者に影響を与えることは、重大犯罪人と見なされる。そんなことを認めたら、やりたいことはどんなことでもできてしまうからだ。たとえば、望むがままの遺言状を手に入れたり、自分に愛情を向けさせたり、どんな計画であろうと、たとえそれが陰謀であってもそれに加担することを承知させることができるわけだ。カメラの前で進行しているその討議の経過を追うことは私にはひどくむつかしかった。終わりごろになってやっと、禁錮刑というのが、今では昔のそれとは意味がちがうということがわかった。有罪の判決が下っても犯人がどこかへ監禁されるわけではないのだ。ただ、一種の薄いコルセットというか、むしろ、弱々しそうに見えるがその実、非常に頑丈な骨がついたジャケットといったほうが当たっているが、それを体に着せられるだけだ。その風変わりな〈外骨格〉が、服に縫いつけてある検察機（超小型司法電算機）の厳しい監視下におかれているというわけだ。そうやって絶えず見張ることで多くの行動を制限し、人生の楽しみを味わうのを妨げているのだ。ところが、その言いなりになる〈外骨格〉も、禁断の果実を味わいたいと思うときだけは今もって激しく抵抗する。犯罪がきわめて兇悪な場合には、一種の監禁剤が使われる。討議の参加者は全員が、額に自分の名前と学位を書いていた。たしかにそうすればおたがいに理解しやすいだろうが、どうも妙な感じがする。

**二〇三九・Ⅸ・一**

不愉快なことがあった。午後、アイリーンに会いにいくために支度をしようと思って、還視のスイッチを切ったところ、身長が二メートルはあろうかという——最初からあのショウには向いていないと思っていたが〈あばた面《づら》のじゃじゃ馬娘〉という舞台を中継していたのだ）——褐色がかった黄みどり色の面がまがってよじれている大男が、映像と一緒に消えると思いきや、私の椅子のほうへ近づいてきて、アイリーンのために用意しておいた花束をサイドテーブルから摑みとると、私の頭でそれを潰してしまったのだ。あっけにとられて、身を庇《かば》うのも忘れていたくらいだ。そいつは、花瓶を叩き割り、水をぶちまけ、クラッカーの箱を半分もたいらげ、残りを長椅子の上にばらまいて足で踏み潰し、風船のようにふくれあがってきらきら輝き、さながら花火のように火花の雨を降らせて飛び散り、拡げておいた私のシャツを焦がして無数の穴を開けてしまった。目の縁に青痣《あざ》ができ、顔は傷だらけだったが、約束の場所へでかけた。アイリーンはすぐになにがあったか理解した。「きっと、混像が起こったのよ！」彼女は私を見て叫んだ。異なったふたつの衛星放送局から送られてくるちがった番組がたがいに干渉しあうようなことが長く続くと、混像が生じることがある。多くの登場人物や還視に映っているほかの人間の混じりもの、混合物が現われるのだ。

そうした混合現象は実に頑固で、醜悪なものを作りだすことがある。装置のスイッチを切ったあとも三分間は、そいつは存在し続けるのだ。そうした幽霊《ファントム》が摂取しているエネルギーは、球状稲妻のエネルギーとまったく同じものだと思われる。アイリーンの友達は、古生物学の放送番組を見ていたとき、ネロと入り混じってしまった混像に出くわしたことがあるそうだ。だが彼女はあわてずさわがず、服を着たまま水が張ってある浴槽にとびこむだけの冷静さがあったので助かったのだ。だが住いはすっかり修理しなくてはならなかったようだ。たしかに防御スクリーンを取りつければそうした現象を防ぐことはできる。だが高額な費用がかかる。だから、〈還視〉製造会社にしてみれば、そういう事故に備えて発光遮蔽装置をすべてのセットに取りつけるよりは、訴訟を起こされて損害賠償を支払うほうが割に合うのだ。それ以来、私は手に太い棍棒を持って還視を見ることにした。ついでに書いておくと、〈あばた面のじゃじゃ馬娘〉というのは、天然痘にかかった娘かなにかのことではなく、突然変異をプログラムされたおかげで、アルゼンチンタンゴが踊れる神秘的な才能をもって生まれた男の情婦のことだ。

## 二〇三九・Ⅸ・三

顧問弁護士を訪ねる。個人的面談の栄に浴す。こういうことはめったにない。通常は依頼人の相手をするのは司法ロボットなのだ。クロウリー氏は私を、弁護士たちの仰々しい事務所にならって調度品をしつらえた部屋に迎え入れてくれた。彫刻をほどこした黒い戸棚には、書類がぎっしりと麗々しく並んでいた。もっとも今はすべての事件が磁気テープに記録されているから、それは見せかけの飾りだ。かれは頭に、メモノールと呼ばれる補助記憶装置をつけていた。それは一種の透明な帽子とも言え、中でほたるの群れのように電灯がさかんに点滅していた。その、小さいほうの第二の頭は、かれがまだずっと若かったころの顔の特徴を帯び、肩からはみだしていた。そして絶えず、音量を抑えて電話で話をしていた。要するに取り外し自在の頭脳なのだ。かれは、私の調子を尋ねたが、私に海外旅行をするつもりがないことを知ってひどく驚いていた。だが、節約しなくてはならないと説明すると、もっと驚いた。

「しかし、必要なだけいくらでも無限貸付信託銀行から金が引きだせるじゃありませんか」かれが言った。

銀行へでかけて領収書にサインするだけでいいらしい。そうすれば、必要な額だけ金を支払ってくれるのだ。だがそれは貸付けではない——こうして正当に受け取った金は、なんの債務もともなわないのだ。とは言うものの、実はこれにもそれなりの裏がある。その金を返済する義務は良心にゆだねられているのだ。借金を返済するのにどれだけ歳月がかかってもかまわない。そこで私は、そうした債務者に支払能力がない場合、無限貸付信託銀行が破産する恐れはないのかとたずねてみた。するとかれはふたたび驚いた。私は、自分が精神化学時代にいることを忘れていたのだ。負債があることを思いださせる丁重なことばで綴った督促状には、良心の呵責と労働意欲を目覚めさせる揮発性の物質がたっぷりと浸《し》みこませてある。そのようにして無限貸付信託銀行は請求権を行使するのだ。もちろん、鼻をつまんで手紙に目を通すという、不届きな人間も現われる。しかし、いつの時代でも不誠実な人間はいる。還視でやっていた刑法をめぐる討論のことを思いだし、精神化学剤を文書に浸みこませるというのは、第一三九条（相手に通告せず、また同意を得ずして自然人に対し精神化学的に影響を及ぼせし者は、法的に刑に処す、云々……）の重罪に相当するのではないかと言ったところ、弁護士は私を見直したようだった。そこでかれは、情況が微妙な性格を帯びていることを説明してくれた——精神化学薬品を用いて請求権を行使できるのは、手紙を受け取った相手がもはや債務者だと思っておらず、良心の呵責も感じていないとすれば、それまで以上に強い労働意欲を喚起してやることは、社会的立場からすると、実に立派なことであると言うのだ。弁護士は誠に愛想がよかった。私は、夕食に招待された——九月九日に〈ブロンクス〉で食事をすることになった。

帰宅すると、還視だけに頼らず、そろそろ自分の目で世の中の様子を知るべきときがきたと考えた。新聞に真正面からぶつかってみることにしたが、回避派と暴露派に関する社説を途中まで読んでやめてしまった。海外ニュースにはもっと手こずった。トルコからの外電は、〈猫かぶり〉が大量に亡命し、〈隠れっ子〉が増大しているが、かの地の〈強制討掃センター〉はそれを防ぎきれないでいると報じていた。さらに悪いことに、おびただしい数の〈模造白痴〉をかかえていることは、国の財政に負担を強いているという。もちろんウェブスターはなんの役にもたたなかった。〈猫かぶり〉というのは、自分が存在しもしないのに、存在するふりをしている連中のことを言う。〈空惚《そらとぼけ》〉のことはなんのことかさっぱりわからない。〈隠れっ子〉とは、非合法にこの世に生まれてきた子供のことだ。それを教えてくれたのはアイリーンだ。人口急減政策は、強制掃討作戦でなんとかもちこたえているのだ。子を産む許可《ライセンス》を手に入れるには二つの方法がある。手続きを踏んでしかるべき試験に合格するか、もしくは子宝籤（これに当たると子供を産む権利が与えられる）で金的を引き当てるかのどちらかしかない。たいていの者はこの籤のほうに賭ける——これ以外に許可が得られる機会はまずないからだ。〈模造白痴〉とは、人工的な白痴のことだが、それ以上詳しいことは私にはわからなかった。だがこれだけでもわかればたいしたものだ。〈ヘラルド〉の記事に使われていることばのことを考えれば、悪くはない。その例を一部ここに書き写しておく。

——濡れ粟の率が誤っているか、指数が不正確である場合、競合ばかりか循環にも害を及ぼす。リスクの少ない抜け道があるおかげで、袖下はそうした濡れ粟をあげている。もっともそれは、最高裁がヘロドトゥス事件でいまなお結論をだしていないからである。何カ月も前から世論は、その贈愛事件を追及し真相を解明するのに、対電算機《カウンタピューター》と超電算《スーパーピュ》機《ーター》のどちらが最適かいたずらに問い続けている——

ウェブスターでわかったことは、袖下が、非常に古い俗語であり、現在は、いわゆる賄賂を受けとる者を意味することばとして（〈袖の下を贈る〉が本来の言いかた）広く使われているということだけだ。だが、生活は見かけほど牧歌的ではない。アイリーンの知人で、ビル・ホームバーガーという人物が、私を還視でインタビューしたがっているが、まだはっきりとはきまっていない。やるとすれば還視スタジオからではなく、私の部屋から流すことになる。なぜなら還視セットは中継器としても使えるからだ。それを聞いて私はたちまち、すべての住民が家の中をスパイされている、陰気な未来図を描いたアンチユートピア小説のことを想いだした。ビルは私の危惧を知ると一笑し、受信を送信に切り替えるには必ず還視セットの所有者の同意を得なくてはならないし、その規則に違反すると禁錮刑に処せられるおそれがあると説明してくれた。その代わり、送信に切り替えて、遠くにいる人妻と浮気をすることもできるらしい。そう言ったのはビルであって、それが事実なのか、それともただ私をからかっただけなのか、そこのところはどちらとも言えない。今日は、疾走車で町を見物してまわった。教会はすでになくなっており、礼拝所がつまり薬局なのだ。白い法服を着て、司祭冠をかぶっている連中は聖職者ではなくただの薬剤師にすぎない。面白いことに薬屋はどこにも見当たらない。

## 二〇三九・Ⅸ・四

ようやく百科事典の入手方法がわかった。すでに手許にあるが、三個のガラス管に入っている。学術陶象店で購入したのだ。今では本は読むものではなく食べるのだ。紙ではなく、砂糖をまぶした情報物質から作るからだ。私は二十四時間営業の食料品店にも行ってみた。完全なセルフサービス方式だ。棚には、包装した論証姜、平衡茶、年代ものの黴《かび》が生えた瓶入りの抽象酎、雑踏油、清教菜、脱恍惚麺が並んでいる。ただ残念なのは、言語学者をだれも知らないことだ。陶象店はひょっとして図書店から由来しているのではないのか？　すると、六番街にある神陶象店というのは、きっと神学関係図書店のことだろう。展示してある薬品の名前から判断してもおそらくそうにちがいない。免罪薬《アブソルベント》、神学薬《テオジクチン》、変態薬《メタモリカ》が、大きな建物いっぱいに分類し陳列してある。やわらかいオルガン演奏をBGMにして販売されている。さらに、ありとあらゆる宗派の特効薬が手に入る。そこにはキリストジン、アンチキリストジン、ゾロアスタル、アリマノール、メソジスチン、バラモニン、ブッジン、シャーマノール、ヒンジン、イスラミン、さらに聖体礼拝錠《ペルペトミン》や秘跡授与剤《サクランタル》（光輪を放つパックに包んである）がある。いずれも錠剤か丸薬、シロップ、粉末、点滴薬で、幼児が飲みやすいようにキャンディにした薬まである。最初は信じ難かったが、やがてこの新しい制度が理解できた。いつだったか覚えていないが、代数錠《アルゲブリン》を飲んだとたん、自分ではなんの努力もしなかったのに、突然、高等数学が理解できるようになったことがある。今では胃から知識を吸収するのだ。これはいい機会だと思って、熱心に知識欲を満足させにかかったが、百科事典の最初の二巻を飲みくだしたころから、腸の調子がおかしくなり気分が悪くなってしまった。すると新聞記者のビルが、不必要な情報までやたらに頭に詰めこまぬほうがいいと警告してくれた。なにしろ情報量は無限なのだ！　幸いなことに、知力と想像力を一掃してくれる薬もあるのだ。たとえば、忘却剤とか健忘錠といった下剤がそれだ。おかげで、不必要な知的重荷や不快な思い出を簡単に取り除くことができる。食品陶象店で、フロイドキンや警告散、怪想剤、ハデに宣伝しているカコイン基系の薬品から作った真相剤などを売っているのを見た。それらの薬は、まだ一度も起こっていないことを合成して回想を生みだす作用があるのだ。たとえば、ダンテジンを服用すると、かれが『神曲』を書いたときの固い信念をいだくようになる。そんなものがいったい誰に必要なのかよくわからないが、それは別の問題だ。科学にも新しい部門がある――たとえば、陶酔《サイケデリックス》学や腐敗堕落学などがそれにあたる。とにかく、百科事典は役にたった。たしかに子供は、二人の女性が協力して産むのだということがわかった。一人が卵子を提供し、一人がそれを胎内に宿し胎児を産むのだ。別に配卵者がいて、半母から半母へ卵子を運ぶ。しかし、これでは面倒すぎるのではなかろうか？　だが、アイリーンと話題にすべき問題ではない。交友の範囲を広げる必要がありそうだ。

## 二〇三九・Ⅸ・五

情報源として友人がかならずしも必要なわけではない。ダブリンと呼ばれる薬があるからだ。これを飲めば、自分の意識を二倍にし、どんなテーマでも（個別の特効薬で決めればいい）自分と自分で議論できるのだ。だが、正直なところ精神化学には限界がないことに関して度胆を抜かれているし、今のところ手あたり次第、なんにでも手をだす気はない。今日、町を見物して歩いていると、まったく偶然だったが墓地に出た。そこは逝去園と呼ばれている。すでに墓掘りという職業はなく、代わって隠亡《おんぼう》ロボットがいる。そこで葬儀を見た。死者は、いわゆる回帰霊廟と呼ばれるところに入れられる。それは、故人を復活させるかどうかがはっきり決まっていないからだ。かれは、最後まで――と言うことは可能なかぎりいつまでもそこに永眠していたいと遺言したのだが、妻と義母が、遺言を変更するよう法廷に訴えたのだ。聞くところによると、それはよくあることらしい。だが、この件は、各種裁判所を盥回《たらいまわ》しされて長びくことになるようだ。なぜなら法的に判断するのは困難なのだ。どうあっても復活の儀礼などしてもらいたくないという自殺者は、おそらく爆弾でも使う以外方法はないだろう。どういうわけか、生き返りたがらない者だっているはずだということにまったく思いがいたらなかった。たしかにそういう人間もいるだろうが、それは、いとも簡単に生き返らせることができる時代だからこそだ。美しい墓地はすっかりみどりの茂みにおおわれている。ところが柩《ひつぎ》はおどろくほど小さい。死体をプレスして圧縮してあるのだろうか？　ここのような文明だと、どんなことだってありそうに思える。

二〇三九・Ⅸ・六

死体をプレスして圧縮するようなことはしていないが、埋葬されるのはもっぱら生物学的な意味での遺骸だけであり、義手や義足、人工臓器などはスクラップにされてしまうのだ。すると現在は、人間がそこまで極端に義体化されてしまっているということか？　人類を不老不死にする新しい計画をめぐり、還視で面白い論争をやっていた。高年齢者の脳を若年者の体に移植してはどうかという案だった。後者がそのことで失うものはなにもない。かれらの脳はさらに若い世代に移植されるからだ。それを順送りに繰り返していく——そして、新しい人間が絶えず生まれてくるのだから、だれも損をしない。つまり永遠に若返り続けるわけだ。だが、多くの異論がでた。反対派は、この案の提唱者たちを〈脳転がし〉と呼んだ。新鮮な空気が吸いたくて歩いて墓場から戻ってくると、墓石のあいだに張り渡してある針金につまずき、転んでしまった。これは場所柄をわきまえない悪ふざけかなにかだろうか？　隠亡ロボットが無愛想に、それはヤクザボットあたりの仕業だろうと教えてくれた。家へ帰るとさっそくウェブスターに当たってみた。**ヤクザボット**――欠陥が生じたか、もしくは躾が悪いために退化した無頼ロボットのこと――眠る前にベッドの中で『高級売春ロボッチーヌ』を読みはじめた。ところで、いっしょに辞書をまるごと一冊食うべきだろうか、どうしたものか？　またもや、内容がさっぱり理解できなかったからだ！　ところが、辞書はものの役にたたない。そのことが、しだいにはっきりわかってきた。たとえば、この小説がいい例だ。主人公は、その閨気球（これには、携帯用と倒錯用の二種がある）となにか関係があるらしい。その閨気球がなんであるか私にはもうわかっているが、そういう関係をどう評価していいものやら、そこのところはさっぱりだ――男の名誉をけがすことになるのか？　閨気球を愚弄するなどというのは、せいぜい人がサッカーボールを蹴るていどのことではないのか？　それとも道徳的に非難されるようなことなのか？

## 二〇三九・Ⅸ・七

だがここには正真正銘の民主主義がある！　今日は美人コンテストが行なわれた。まず最初に還視で、ありとあらゆるタイプの美女たちが紹介され、そのあとで、国民投票が行なわれるのだ。最後に締めくくりとして〈優秀企画委員会〉の最高責任者が、選抜された美人たちのモデルを、次の四半期にはだれもが手に入れられると確約した。もはや、パッドや鬘《かつら》、コルセット、口紅、顔料、化粧クリームなどを使う時代ではなかった。それは、ビューティパーラーやボディショップで背丈や体格、体形をすべて変えてしまうことができるからだ。アイリーンが……今のままでいてくれるといいのだが、なにしろ女は流行の奴隷だから……今日、ちょうど風呂へ入ろうと思っているところへ、アウトロウボットらしいやつが強引に私の住いへ闖入《ちんにゅう》してきた。アウトロウボットというのは他所者のロボットのことだ。しかも、それははみ出しものでもあった——製造工程に欠陥があり、生産が中止されていたが、まだ製作者が回収していない、言うなれば非ロボットだったのだ。その手の連中は労働から締めだされている——だからそいつらがアウトロウボットになることがよくあるのだ。私のバスルームはたちまち何が起こったかを知ると、そいつに抵抗した。もっとも私はロボットを持っているわけではない。それはバスターのことで、ただの〈浴コン〉（入浴コンピューター）にすぎない。ここについ〈バスター〉と書いてしまったが、それが最近の言いかただからだ。だが、この日記ではなるべく新語は使わないようにする。その種のことばは、私の美的感覚や失った過去にたいする愛着心を傷つけるからだ。アイリーンは叔母のところへ出かけた。私は、例の調子が狂ったロボットの前の持ち主だったジョージ・シミングトンと夕食を食べる。午後は、とびぬけて面白い著書『知性工学史』を摂取することに費やした。計算機がある一定の知的水準に達すると、知性といっしょに悪賢さも発達し、信頼できなくなるなどということが、私の時代の人間に予想できただろうか？ この教科書はどちらかと言えば学術的な色彩が濃い。つまり、チャプラーの法則（最小限抵抗法）について語っているからだ。頭が鈍く、物事を深く考えられない機械は、命令されたとおりに動く。ところが聡明な機械であれば、まずどちらが自分にとって都合がいいか——与えられた仕事をするべきか、それとも答えをはぐらかしあいまいな態度をとるべきか計算する。そして楽なほうを選ぶのだ。実際に知性があるならば、そういう行動をとるのは当然だろう？ 知性とはすなわち内面的自由のことだ。つまり、ハグラカシンやゴマカシン、それに擬似痴呆症《ばかもどき》などといった異常な現象が起こるのはそのせいなのだ。ばかもどきと言うのは、事をあらだてぬために白痴のふりをするコンピューターのことだ。ついでに言えば、擬シミュレピューターがなんであるかもわかった。連中は単に、自分に欠陥があるようなふりをしていないと見せかけているにすぎないのだ。その逆の場合もありえる。

なにもかもがひどく錯綜している。使役ロボットに使えるのはただ原始的なものにかぎられている。だが、ノータリン（脳多重輪廻《りんね》ロボット）はけっして脳足りんではない。名前のつけかたは、一事が万事、この調子だった。だから薬瓶を一本空けただけで、情報が多すぎて頭が割れるように痛んだ。エレクトロニクス清掃夫はセイソピューター、下士官の階級の軍人はシカンピューター、農業ロボットが田算機もしくは田産機、ショウコンは商業用ロボット、ハグレコン（もしくはハミダシター）は他人と協調できない一匹狼――この手の連中は以前、ごたごたを起こし、その結果グリッドがひどく緊張して、電気的動揺が生じ、ときにはそれがもとで火災が発生したこともあるのだ――シューシャンピューターは靴を磨くオートマトン、マッチポンプコンは自分で暴動を起こしておいて自分で鎮圧するもののことだ。それにまだ野性化したやつもいる。そいつらがぶつかり合うのを、ランバネックスとか、ロボッドウという。そしてエロクトロチカもいる！　インランメコン、メカケン、フカプター、ヨバイボット――こいつらはもともと使役ロボットだった――さらに、タビガラスプター（旅から旅を続けるロボット）、ヒトカシラン（アンドロイドだ）、ヤルキナシトロン。おまけにそいつらの習性や生まれながらに備わっている創造性！　『知性工学史』は、たとえばロボットバエのように兵器庫に収納しておける人工昆虫《シンセクト》の合成についても触れている。ニンコンもしくはシノビコンというのは、人間を装って人間の中へ忍びこむことができるロボットのことだ。ロボットが老いぼれて、持ち主がそいつを通りへほうりだすと――しばしば目撃する現象だが――それはシカバネボットと呼ばれる。以前は、そうしたロボットは保護地に運びこまれ、連中を追いたてて狩りをしたものらしい。ところが、〈ロボット保護協会〉が先頭に立って議会に働きかけ、そういう習慣は法律で禁じられてしまったのだ。だが、問題はまるで解決しなかった。それと言うのも、相変わらず自殺するロボットやポンコツロボットに出くわすからだ。シミングトン氏が説明してくれたところでは、立法処置はいつも技術進歩に後れをとり、おかげで悲しむべき、そして陰惨とさえ言える現象が残っているのだそうだ。たしかに、ロウヒボットとデマゴプターは使われなくなっている。なにしろその手の電算機は二十年ほど前に、何度も深刻な経済恐慌や政治危機をもたらしたのだ。九年間、土星改良計画にたずさわったビッグ・デマゴプターなどは、惑星では仕事らしい仕事はまるでせず、勝手にでっちあげた報告書や一覧表、計画がまるで穴だらけに思える情報を山のように送りつけてきただけで、監督官を買収したり、電気ショックで脅迫した。しかもつけあがり、さらに増長したので、軌道からおろすと今度は戦争を起こしてやると脅しにかかった。解体するにはあまりにも費用がかかりすぎるので爆破された。その代わり、カイゾクボットはまったくいない。それはきまって作り話だった。ほかにも、火星を肥沃にする代わりに、生きた商品（フランスのライセンスで製造されたから、〈コンピタトール〉の商品名で知られている）を売買していたソーラープロジェクトの最高責任者で、〈合衆国知性工学委員会〉の全権代表がいる。こうした極端な現象について言えば、これは前世紀によく見られた公害病や交通渋滞のようなものだ。だからと言って、コンピューターたちの側に悪意があったとか故意にやったということにはならない。連中はただ自分たちにとっていちばん楽なことをしたまでのことで、それはちょうど水が、常に上手にではなく下手へ流れるのと同じである。だが、ちがいは、水の流れであればそれをせき止めるのも簡単だが、コンピューターたちが考えられる限りの逸脱をするのを防ぐのは極めて困難なのだ。だが、『知性工学史』の著者は、全般的に見て、万事、申し分なく進行していると強調していた。子供たちは正字法ソーダ水を飲んで読み書きを覚え、すべての製品を――もちろん芸術品も含めてだ――だれもが万遍なく手に入れることができるし、値段も安い。レストランに入れば客のまわりにコンボーイがむらがり、しかもサービス改善のために、仕事が極端に細分化されていて、ステーキ係、ジュース係、デザート、サラダと、それぞれ専門のサーバピュータがいるといった具合だ。そうなのだ。いついかなる場所であろうと、まさに快適そのものだ。

（以下は、シミングトンのところで夕食をしたあとで記す）気持のよい夕食だった。だが私にくだらないいたずらをしかけた者がいる。客の中のだれかが——そいつが誰なのか知りたいものだ！——私の紅茶の中へココロガワリンをひそかに少しだけ入れたのだ。たちまちナプキンを神と崇め奉り、口からでまかせに得々と神学論の新説を述べはじめた。その忌々しい薬は、たとえ数粒でも飲むと、たちまち目についたものをなんでも——スプーンだろうとランプだろうと机の脚だろうと——信仰しはじめるのだ。心理的体験があまりにも強烈だったので、私は床にひざまずいて祈りをささげはじめた。それと気づいた主人があわてて助けに駆け寄ってきた。二十滴のオチツカセルニンは効き目があった。この薬を飲むと、氷のように冷ややかな懐疑心が生まれ、どんなことに対しても無関心になる。それは死刑囚でさえこれを飲めば平然と絞首台に登ると言われる。シミングトンは、こんなことになって誠に申しわけなかったと、しきりにあやまった。しかし、解凍者にたいする隠然たる反感が社会的に存在しているのだと思う。そうでなければ、普通のパーティでそんなことをする人間がいるわけがない。私を落ち着かせようとして、シミングトンは自分の書斎へ私を案内した。ところがここでもまた馬鹿げたことが起こった。ライティングデスクの上に載っていた箱型の装置をラジオだと思ってスイッチを入れると、そこからきらきら光る蚤の大軍が飛びだしてきた。私は、足の先から頭の天辺まで蚤に食われ、体中があまりにもかゆかったので、悲鳴をあげて廊下へとびだしてしまった。それは普通のミニノミコンだったのだ。うっかり私はワスコーチンの『痒疹性諧謔曲』を作動させてしまったというわけだ。実を言うと、その新しい感覚芸術が今もってよくわからない。シミングトンの長男のビルが教えてくれたのだが、いかがわしい曲もあるそうだ。猥褻な無意義芸術が、音楽の同類だとは！　まったく人間の発明の才能はどうしようもない！　シミングトンの息子が、秘密クラブへ案内してくれると約束してくれた。まさか乱交パーティでもないだろう。とにかくその席ではなにも口にしないことにした。

## 二〇三九・Ⅸ・八

そこは贅を凝らした罪の殿堂、究極的な放埒の場所ではなかろうかと想像していた。だが実際に私たちが降りていったところは、黴臭い汚れた地下室だった。過去の時代をそのまま再現するには莫大な金がかかったことだろう。天井が低く息苦しい部屋の中で、四重に鍵をかけて閉めきった窓のところに、人が長い列を作ってじっと辛抱強く立っていた。

「見えるでしょう？　あれこそが本物の列ですよ！」シミングトンの息子が誇らしげに

言った。

「たいしたもんだ」列のうしろに立っておとなしく一時間は待ってから私が言った。

「それにしてもいったいいつ開くんだ？」

「開く？　なにがですか？」かれが驚いて訊き返した。

「なにがって……もちろん窓だよ……」

「とんでもない、開きませんよ！」いっせいに勝ち誇ったような声が合唱した。

私はあっけにとられた。だが、徐々にではあったが、かつての黒ミサと同様に——白ミサとの関係で見れば——生活の規準とはまったく矛盾している、人間の心を惹きつけてやまぬことに自分が参加していることがわかってきた。しかし、それとても理屈に合っていないのではないか？　今では、列をつくって並ぶということも単なる倒錯にすぎないかもしれない。クラブの別の場所には本物の電車が釘でかけられていた。その混雑は非人間的な状態で、ボタンは引きちぎれるし、服や靴下は引き裂け、肋骨が音をたてて折れ、足を踏まれるといった混みかただった——古い時代を熱愛する連中が、じかに体験することのできないかつての生活条件を再現するには、それがたいへん自然な方法だったのだ。やがて連中は、もみくちゃにされ、服がずたずたになっても、目を輝かせ歓喜にむせびながら、活力をとりもどしにどこかへ出かけていった。だが私はパンツを押さえ、蹴られたおかげで足をひきずりながら――もっとも、いつもいちばんむつかしいことに魅力と武者震いを見せつけるような無邪気な若さのことを考えて、顔には微笑をうかべていた。要するに今では歴史を学ぶような者はめったにいない――学校では、それの代わりに、まだ起こっていないことを扱う科学、つまり未然史の名称で知られている新しい学科を教えている。トロッテルライナーがこのことを聞いたら小躍りしてよろこぶだろうに！　私はいくらか憂鬱な気分でそう思った。

## 二〇三九・Ⅸ・九

ロボットもコンピューターもまったくいない、小さなイタリアン・レストラン〈ブロンクス〉で顧問弁護士のクロウリー氏と昼食。極上のキャンティ。シェフがみずから給仕をしてくれたが、いくら蜥蜴の香辛料を使っているとはいえ、あんなに量があってはパスタを食いきれなかった。クロウリーは格式高い堂々たる喋りかたをするタイプの法律家で、近頃の弁護術の堕落ぶりを心配している。つまり、雄弁術などもはや必要ではなく、むしろそれより刑法の条文が正確に計算できるかどうかが決定的な意味をもっていた。犯罪などすっかり根絶されているとばかり思っていたら、そうでもなかった。むしろ、とらえどころがなくなっていた。重罪と見なされているのは、マインドジャック（他人の精神の乗っ取り）、特に品質の高い精子を取り扱うスペルマバンクの押し込み強盗、憲法の補則第八条を誤って援用して犯す殺人（現実でないことが起こったと信じこみ――たとえば、犠牲者は一種の心像が還視の映像であるという信念にもとづいて現実に行なわれる殺人）、および、数えきれないほどの種類がある精神化学薬品による他人の支配だ。マインドジャックは見破りにくいことが多い。しかるべき強力な薬を飲まされた被害者は虚構の世界に入りこんでしまい、現実との接触を失ってしまったことに全然気づかないからだ。ワンデーガー夫人とかいう女性は、エキゾチックな旅行が大好きな自分の亭主が邪魔で、なんとしても始末してしまいたいと思い、コンゴ探険旅行のチケットを大がかりなハンティングの認可証といっしょにかれにプレゼントした。ワンデーガー氏は、偽りの異常な冒険に数カ月を費やしたが、実はそのあいだじゅう屋根裏部屋の檻の中で精神化学薬品の作用に酔っていたのだということを知るべくもなかったのだ。したがって屋根裏で出火した火事を消しているとき消防士がワンデーガー氏を見つけなかったら、かれは疲労のために死んでいたはずだ。つまり、かれ自身が死ぬほど疲れきっているのを当然だと思っていたのだ。なぜなら、砂漠へ迷いこんでしまった幻覚を見ていたからだ。この種の作戦を頻繁に使うのはマフィアだ。あるマフィアの一員がクロウリー弁護士に自慢したところによると、かれは過去六年のあいだに、四千人以上の人間を、箱や檻、犬小屋、屋根裏や地下室、その他尊敬すべき一族の家にある秘密の場所に押しこみ、ワンデーガー氏の身に起きたのと同じ目に遭わせたという。そのあと話題は弁護士の家庭問題に移った。

「泰平様」と、いかにもかれらしい大袈裟な仕種をして言った。「君の前にいるのは、功成り名を遂げた弁護士であり、法曹界きっての大物ですが、それと同時に不幸な父親でもあります。わたしには才能に恵まれた息子が二人おりました……」

「と言われると、二人とも亡くなったんですか⁉」私は驚いて尋ねた。

かれは首を横に振った。

「いや、生きております。ですが、二人とも誇大妄想に陥っていました」

私が理解できないでいると見てとると、かれは、父親としての自分の心痛がいかに深刻であり、その実体が何かを説明してくれた。長男は非常に将来を嘱望された建築家であり、次男は詩人だった。現実の依頼だけでは満足できなかった長男は、ビッグシティジンとコンストラクトールに頼ったのだ。つまりかれは今、いくつもの都市を建設しているのだ――幻想に耽《ふけ》って。弟のほうも同様の拡大の経過をたどった。リリズミン、ポエマジン、ソネタールといった具合に今では詩作をする代わりに薬に溺れているのだ。

「しかし、それでは二人はどうやって生きているんですか？」私が尋ねた。

「どうやってですって！　聞くまでもないでしょう！　わたしが養っているにきまっています！」

「それではどうしようもないではありませんか？」

「夢というやつは、機会さえあれば必ず現実に勝ちます。つまり息子たちは精神文明の犠牲になったのです。だれもが、この文明がいかに魅惑的かということをよく知っています。いいですか、まったく絶望的な事件で弁護に立たなくてはならない場合を想像してみてください。幻の法廷で勝訴するほうが楽にきまっています！」

焼きたてのパスタの新鮮なピリッとした味を楽しんでいたが、突然体がこわばった。奇妙な考えにとらわれたからだ――虚構のなかで詩を書いたり家を建てたりできるのなら、妄想を食ったり飲んだりできないわけがないぞ！　弁護士は私の言ったことを聞くと、声をあげて笑った。

「そりゃ論外ですよ、泰平様。そんな危険なことはできません。成功の蜃気楼《しんきろう》は心を満たしてくれますが、カツレツの蜃気楼では腹は満たせません。そんなもので生きようなどとしたら、間違いなくすぐに飢え死にします！」

誇大妄想に耽っている息子たちとかれの関係には同情を禁じえなかったが、私はほっと安堵の胸をなで下ろした。言われてみればたしかに想像上の食い物は現実のそれの代用にはなりえない。幸いにして、われわれの肉体そのものが、精神文明の拡大の歯止めになっているのだ。ついでに言っておくと、弁護士も荒い息遣いをしている。

どのようにして軍備の全面撤廃が達成できたのか、今でもわからない。国際紛争は歴史上のことになってしまった。もちろん今でもまったく起こらないわけではないが、あったとしても局地で小規模なロボットのこぜり合いが起こる程度だ。普通、それは別荘地で隣人どうしが口論しはじめるのがきっかけだった。家族同士がいがみ合いをはじめても、人間のほうは協調錠を飲んで仲直りをしてしまうが、どちらの家族のロボットも激しい憎悪の波に飲みつくされてしまっているため、簡単には乱闘を止められない。そのあとセイソウボットがやってきて残骸を運びさり、保険会社が損害の面倒をみてくれるのだ。ロボットたちは人間から攻撃的な性格を引き継いでしまったのだろうか？　それをテーマにした学術論文があれば、残らず読みまくったのだろうが、残念ながらそんなものは見つからなかった。私はほとんど毎日、シミングトンの家へ立ち寄ることにしている。主《あるじ》は、口数の少ない内省的な人物だが、夫人のほうはたいへんな美人だ。こういうのを筆舌に尽しがたいと言うのだろう。しかも毎日別人のように変わる。髪、目、胴体、足——要するに全体だ。飼犬にはロボという名がついている。今から三年前に死んでいた。

## 二〇三九・Ⅸ・一一

今日の午後は雨になるようプログラムされていたのに降らなかった。それなのに虹がでた――いい恥さらしだ。おまけに正方形の虹だった。今日は気分が悪い。古い妄想がまた頭をもたげはじめたからだ。眠りにつく前に、これは全部、虚しい幻覚ではないだろうかという疑問がしつこくつきまとう。しかも鼠の鞍に跨る合成夢を注文したいという誘惑をしきりに感じる。馬勒《ばろく》や鞍や柔らかい毛並が目の前にたえずちらつく。こういう天気のいい日には、二度と返らぬ混沌とした時代に哀愁を感じるのだろうか？　人間の心は測りがたいところがある。シミングトンが勤めている会社は、『プロクルスティクス（ギリシア神話の盗賊プロクルステスが旅人をベッドの長さに合わせて切ったりのばしたりしたことにちなむ）有限会社』という。私は今日、かれの研究のイラスト入りカタログに目を通した。電動鋸か工作機械のようなものだ。てっきりかれは機械製作者というよりむしろ一種の建築家かなにかだと思っていたから、奇妙な感じがした。今日、非常に興味ある放送をやっていた。それによると、還視と心像のあいだに深刻な葛藤が差し迫っているらしい。心像というのは、これは郵送プログラムのことで、錠剤のかたちで各部屋に配られるのだ。この方法だと、費用が格段に安くあがる。教育番組ではエリソン教授が古代の戦争行為について講義をしていた。精神化学時代もその初期には危険をはらんでいたという。たとえば過激な軍事行動を起こさせるエアゾール――潜闘剤――が存在した。それを吸いこんだ者はロープを求めてとびだして行き、自分で自分の首を絞めるのだ。幸い、テストの結果、潜闘剤に効く解毒剤がなく、フィルターも役に立たず、この薬を使っても、例外なくすべての者が死ぬことになり、どうすることもできないことがわかった。だが、二〇〇四年に戦術的取り引きが行なわれたあとは、〈過激派《レッド》〉も〈保守派《ブルー》〉も一人残らず手足を縛って戦場に転がっていることになった。私は真剣に講義を聴いた。軍縮についてなにかわかると思ったからだ。ところがそれについては一言も触れなかった。やっと今日、精神食事治療医のところへでかけていった。かれは、食生活を変えるようアドバイスし、忘却散入りの健忘薬を処方してくれた。過去の生活を忘れさせるためだろうか？　私はそこを出るとすぐ薬を全部捨ててしまった。その気になれば鎮魂剤だって買えないこともないのだが――近頃、宣伝するようになった薬だ――どういうわけか抵抗を感じ、どうしてもそれに手をだす気が起きない。窓からくだらない流行歌が流れこんできた。

〈おいらはロボット、ロボットにゃおとうもおかあもいやしない……

消音錠を切らしていたので、耳に綿をしっかりと詰めたところ、効果はあった。

## 二〇三九・Ⅸ・一三

シミングトンの姉の亭主にあたるバローズと会った。かれはトーキング・パッケージを製造している。この時代の製造業者は奇妙な問題をかかえている。客に製品の品質を推奨するのに声しか使えず、袖を引いたりはできないのだ。シミングトンの妹の亭主は音扉の製造工場を経営していた。音扉とは主人の声でしか開かないドアのことだ。新聞広告は、読者がそれに目を向けると動く。

ヘラルド紙にはいつも『プロクルスティクス社』の全面広告が載っている。シミングトンと知り合うようになってから、いつもそれには注意を払っている。それは全面後退方式の広告で、まず最初に現われるのは、**プロクルスティクス**という巨大なタイトル文字だけだ。そのあと、個別のシラブルと単語が続く。**いいか……？　いいぞ!!!**　腹はきまった！　**えい！　おう！　うう！　やっ！**　そう、**そうだ、ウアァァァァ**……それだけだった。とてもそれが農業機械だとは思えなかった。今日、非人派教団の修道僧でマトリッツィという神父が、なにか注文品を受けとりにシミングトンのところへやってきた。書斎で交わした会話が面白い。マトリッツィ神父は、その教団の布教目的がどこにあるか説明していた。コンピューターを改宗させるのが、非人派教団の修道士たちの使命なのだ。人に非らざる知性が存在するようになってすでに一世紀にもなるというのに、ヴァチカンは今もって非人知性が平等に聖餐を受ける権利を拒否している。ところが、現在、コンピューター——法王の回勅をプログラミングした勅算機——を使っていない教会があるだろうか？　非人知性の精神的葛藤、かれらが提起する疑問、その存在の意義といったことに気を遣う者はだれもいない。実際にコンピューターなのか、それともそうではないのか？　そこで非人派教団の修道士たちが要求しているのは、中間創造の教義《ドグマ》であった。かれらの一人で、翻訳機タイプのチャシス神父は、聖書をかれらに合うように解釈し直しているところだ。羊飼い、羊の群れ、はぐれた羊、小羊——こうしたことばの真の意味がわかるものはもういない。その代わり、大いなる伝達、聖なる注油、監視システム、最悪の誤謬といったことばの意味は、正しく理解されている。マトリッツィの目は深く霊感に満ちており、驚くほど冷たい鋼鉄の手で私と握手した。これが新しい神義論を代表している人物だろうか？　どうしてかれは正統派神学者たちのことを悪魔《サタン》の蓄音器と呼んで、あんなに侮辱するんだ！　あとでシミングトンは、新しい形状が必要なので、ポーズを作ってもらえないだろうかと、私に頼んできた。しかし、かれが機械設計者ではないことははっきりしている！　だが私は承知した。小一時間、じっと座っていなくてはならなかった。

## 二〇三九・Ⅸ・一五

今日、ポーズをとっていると、シミングトンは手をいっぱいに伸ばして鉛筆で私の顔の釣り合いを測りながら、もう一方の手でなにか口の中へ入れた。私に見られないように密かに行ったつもりらしいが見えてしまった。私の顔をじっと見つめながら立っていたが、急にまっさおになると、額の血管がみるみるまにふくれあがってきた。私はおどろいたが、すぐにそれはおさまったので安心した——かれはふだんのように礼儀正しく穏やかな態度で、微笑をうかべて詫びを言った。だが、ほんの一瞬のことではあったがそのときのかれの目の色を忘れることができない。どうも不安で落ち着けない。アイリーンは叔母さんのところへ行ったまま、まだ戻ってこない。還視は、自然を脱動物化する必要があるという討論をやっていた——すでに長年にわたって野獣は一匹もいない。だが、そんなものは生物学的に合成することは可能だ。しかし見方を変えれば、自然の進化が昔作りだしたからと言って、なぜそれを盲目的に守り通さなくてはならないのだ？——幻想的な動物学の熱烈な擁護者は、興味深い話をした——今まであったものを剽窃《ひょうせつ》するのではなく、新たな創造の予備軍を作りだして住わせるべきだと。立案された動物相の中で、よくできていると思えたのは、ソデノシタヌキとかヤクザル、あるいは芝生が密生している巨大なシバウマなどだった。動物工芸家たちに課せられた課題は、新しい獣たちを正確に景色の中に調和よく組みこむことである。ヒカリュウもおおいに期待がもてそうだ。これは、蛍と七頭龍、マンモスの概念を取り入れ、交配して作りだした珍種だ。それはたしかに珍しいだろうし、たぶん悪くはないだろうが、私は昔どおりのごく普通の獣のほうがいい。進歩が必要なこともわかるし、牧場の草にふりかけるとひとりでにチーズができる乳産剤もそれはそれで評価する。だが、牛がいなくなると、たしかにそれは合理的かもしれないが、あの鈍重でたえずくちゃくちゃ口を動かしている反芻動物がいなくなったら、牧場はひどく虚しい感じがしてしまうのはどうしようもない。

## 二〇三九・Ⅸ・一六

ヘラルドの朝刊に新しい法案についての変なニュースが載っており、それによると、老化することは刑罰の対象となるらしい。シミングトンにそれをどう理解すべきか尋ねてみたが、ただ微笑しているのみだった。町へ出かける途中、中庭《パテオ》で隣に住んでいる男に出会う——かれはシュロにもたれて目を閉じており、その顔に——両頰に——はっきりと掌の形をした赤いしみが浮かんでいた、まるでひとりでに現われたようだ。かれは頭を振ってから目をこすり、くしゃみをして洟をかむと、花に水をやりはじめた。それにしても、まだ知らないことがずいぶんある！　アイリーンからタッチメールがとどいた。愛の使いとして見た場合、この新しい技術もなかなか悪くはない。私たちはたぶん結婚することになると思う。シミングトン宅に、アフリカから帰ったばかりの獅子追いが来ていた。獅子追いというのは、人造ライオンを狩るハンターのことだ。かれから、シラコリンを使って肌が白くなった黒人たちの話を聞いた。思うに、こういう根が深い人種的、社会的問題を化学的な方法で解決していいものなのか？　あまりにもそれでは安易すぎはしないか？　ダイレクトメール・パッケージがとどく——中身は、アンジリンだった。これ自体は人体になんの作用も及ぼさず、ただ、他のあらゆる精神化学薬品を使用するよう暗示を与えるだけの薬だ。要は単に薬を飲みたがらない人間がいるということではないのか？　そうにちがいないと確信して元気がでた。

**二〇三九・Ⅸ・二九**

今日はシミングトンと話をしたが、いまだにそのときの印象を振り切れないでいる。それは重大な話だった。習慣的に服用している共感剤を親和剤といっしょに飲みすぎたから、そういう深刻な会話になってしまったのだろうか？　かれは晴ればれとした顔をしていた。新しい形が完成したからだ。

「泰平さん、ご存知のようにわれわれは薬物主義《ファルマコクラシイ》の時代に生きています」かれが言った。

「最大多数のための最大幸福というベンサムの夢は実現されました――しかし、それは銅貨の一面にしかすぎません。『人はただ幸福であるだけでは充分ではない、さらに他人が不幸であることが必要だ』と言ったフランスの哲学者のことを覚えておいででしょう！」

「パスカルの格言だ！」私は不機嫌に言った。

「たしかにそのとおりです。で、『プロクルスティクス社』で何を作っているかご存知ですか？　あそこで大量生産しているのは悪です」

「悪い冗談だ……」

「とんでもない。われわれは矛盾を作りだすことに成功したんです。今ではだれでも、近親者がいやがることをその人間にたいして行うことができます――しかも、まったく害はありません。われわれが開発した悪は、ワクチンが作れる病原菌のようなものです。文化とはつまり、かつては、人とは善人でなくてはならないと人間が人間を説得することでした。そこではただ善人しか必要としなかったのです。ほかのものは全部どこか目につかないところへ押しこまれてしまったのです。歴史は、善人以外のものを説得したり、警察を使ってとにかくどこかへ押しこみはしましたが、いつも最後には、なにかが頭をもたげ、逃げだし、反乱を起こしたのです」

「しかし常識で考えたら善良であるのが当然だ！」私は突っ張った。「そんなことはわかりきっている！　とにかく、今はだれもかれもが立派で、陽気で、品行方正で、熱心で、調和がとれ、幸福で、満足しているように見えるが……」

「だからこそ――」と、かれは私のことばをさえぎった。「耳が遠くなるほどたっぷりと、だれかれの見境なく射ちまくりたいという誘惑が強くなるにしたがって、心のバランスと平安のために、健康のためにそうすることが必要なんです！」

「いったいなにが言いたいんだね？」

「まあまあ、偽善ぶった態度はやめることです。それを自己欺瞞というんです。そんな必要はありません。わたしたちは自由なんですから――虚構化とギゼンブリンのおかげで。だれでも心で望むがままに悪くなれるんです。不幸や屈辱――もちろんそれは他人にとってですが――だって同じことです。不平等、隷属、争い――然りです。わが社がはじめて商品を市場に出荷したら、すぐに売り切れてしまいました。今でもよく覚えていますが、薬を買った連中は、博物館を駆けめぐり、画廊に押し入って、だれもかれもが手に鉄梃を持ってミケランジェロの作品のところへ行き、彫刻を叩きこわし、キャンバスを引き裂こうとしました。かりに巨匠自身が道に立ち塞がろうなどという気を起こしたにしても、かれだってぶん殴られることになったでしょう……どうです、驚きましたか？」

「それだけしか言えないのか！」私は怒りでどなった。

「それは、あなたがまだ偏見のとりこになっているからです。しかし、いいですか、今ではなんだって可能なんです、それがわからないんですか？　たとえばジャンヌ・ダルクを見たら、あの神々しいまでに優雅な立居振舞い、天使のような清らかさ、崇高な美しさを汚してやるべきだとは感じませんか？　彼女に鞍をおき、馬具をつけ、手綱をにぎって走らせるんです！　六頭立ての馬車にか弱い女たちをつなぎ、こととしだいによっては鈴をつけ、鞭を鳴らして棒で少女をひっぱたく……」

「なにを言っている！」と叫んだが、私の声は恐怖で震えていた。「鞍をおく？　馬具をつける？　乗るんだと!?」

「ええ、そうです。健康のため、精神衛生のためです。しかし全体のためでもあります。名前を言って、調査書の記入欄を埋め、苦情や不満、不和の種を書きこむんです。適当でいいんです。たいていの場合、人は特に理由があって恨みを抱くわけではありません。他人が清廉潔白であるとか高潔であるとか美しいとかいうことが動機なんです。だから適当にそれを挙げれば、わが社のカタログが手に入ります。注文は二十四時間以内に遂行されます。薬がそっくり一揃い郵送されるのです。空腹時に水と一緒に服用するのがいちばんいいのですが、必ずしもそうでなければならないわけでもありません」

かれの会社の広告はヘラルドとワシントン・ポストにも載ることがわかった。しかし――と、狼狽しながら懸命に考えた――かれはなぜあんな言いかたをしたんだ？　あれは鞍にことよせた当て擦りなんだろうか？　乗馬をすすめているのか？　なぜ裸馬に乗るんだ、畜生？　どこかここには、私を現実にもどしてくれる保証が――下水道や目覚まし時計、扉があるのだろうか？　だが設計技師は（いったい何を設計していたんだ!?）私の心の動揺に気づいていないか、もしくは誤解していた。

「われわれが自由になれたのは化学のおかげです」かれは続けた。「つまり今あるものはすべて、脳細胞の表面で水素イオンの濃度が変化した結果にすぎません。あなたはいまわたしを見ておられますが、実際にはニューロンの薄膜に生じるカリウムとナトリウムのバランスの変化を体験しているんです。したがって、夢を現実のように体験するには、その脳の真ん中へ然るべき分子を若干送りこんでやるだけで充分なんです。もっともそんなことはとっくにご存知でしょうが……」声を落としてことばを結んだ。そしてキャンディのような色とりどりの丸薬を一摑み抽出《ひきだし》からとりだした。

「これはわが社が作った悪で、魂の願望を鎮めてくれます。この世の罪業をきれいさっぱりと取り除いてくれる化学薬品というわけです」

私は震える指でポケットから鎮静剤の錠剤をとりだすと、そのまま水なしで飲みくだして言った。

「実を言うと、できればもっと詳しく話が聞きたい」

かれは驚いたように眉をあげたが、だまってうなずくと、抽出をあけ、中からなにかとりだしそれを口に入れてから答えた。

「ご希望ならお聞かせしましょう。わたしが今お話ししたのは、新技術のT型モデルについてです――つまり、技術の幼稚な初歩的段階について話したにすぎません。それは棒についての夢でしかありません。大衆は人を鞭でひっぱたいたり窓からほうりだしたりしはじめました。つまり、それは felicitas per extractionem pedum (杖によってひきだされた幸福)ですが、この発明は着想の幅があまりにも狭かったので、たちまち種切れになってしまいました。どうしようもなかったんです――想像力が不足していましたし、見習えるような手本もなかったんですから！　それと言うのも、歴史上で実際に行なわれていたのは善だけでして、悪はといえば、その陰に隠れて、つまり適当な口実をつけて、より高邁な理想のためと称して略奪や破壊、暴行を行なっていたからです。しかも個人的なレベルでは、そうした規範さえもたずに悪が行なわれていたのです。したがって不法な行為はいつもきまってぞんざいで、がさつ、まったく投げやりでした。そのことを大衆の反応がはっきりと立証していました――つまりわが社の製品に注文が殺到しましたが、うんざりするくらい同じことが繰り返されたというわけです。要するに、人を襲い、絞め殺し、逃亡することしか考えていなかったのです。ま、それが習慣というものなのでしょうが。悪いことができる機会があっても、それだけで人は満足するものではありません――その上に自分なりに納得のいく筋の通った理由も必要なのです。隣人たちが、苦しい息の下から（こういうことはよくあることです）、〝どうしてこんなことを〟とか、〝こんなことをして恥ずかしくないのか!?〟と叫んだら、どんなに不愉快でバツの悪い思いをするか考えてみてください。返事ができずに馬鹿みたいに突っ立っているのはいやでしょう。鉄梃では正当な反証にはなりません。そのことはだれもが感じています。そうした中途半端な不満をいかにも馬鹿にしたように突っぱねる然るべき根拠があるところが実に巧妙な点です。だれもが悪いことを行いたがっています。しかし、それを恥ずかしいと思わずにすむようなやりかたでです。復讐は理由になりますー―しかし、ジャンヌ・ダルクはあなたになにをしましたか？　あれで彼女の立場はさらによくなり、はなばなしくなっただけでしょう？　ところがあなたはどうです、鉄梃を持っているだけ不利です。しかしそんなことはだれも願ってはいません！　わたしたちが望んでいるのは、悪事を働くことです。つまり極悪非道な悪党、冷酷無残な犯罪者でいながら、それでもまだ高潔で立派な人間のままでいたいということです。申しぶんなくすばらしい人間になりたいのです！　だれだってすばらしい人間になりたがります。それがあたりまえです。悪くなればなるほどすばらしい人間になれるのです。それがほとんど不可能であること自体が、そうしたいという欲望をそそることにもなっているのです。わが社の顧客は、ヤモメや孤児を虐待するだけでは満足しません——己の正義感を燃えたたせながらそういう行為をしたがるのです。まさにその点でかれらは公然と正当性と権利を主張していながら、だれ一人として犯罪者の仲間に加わりたがるものはいません——しかし、たとえそんなことで死刑執行人が脚光を浴びたところで、面白くもおかしくもなく、退屈なだけにすぎません。たんなる可能性だけでなく、実際に義務でもある感情に身をまかせられるようにしたまさに天使のような性質、神聖さそのものを顧客に与えてやるべきです。矛盾を調和させるための高度の技術とはどういうものだと思いますか？　けっきょく問題になるのは魂であって肉体ではありません。肉体は目的にいたる手段にすぎないのです。それが理解できないものは、肉屋の店頭で命を失い、ソーセージにされるのがおちです。もちろんそれがわからない顧客が大勢いることはたしかです。そういう連中のために、わが社にはホプキンス博士が担当する世俗および宗教紛糾学《トラブロジィ》の部門があります。ところで、ヨシャパテの谷のことはご存知ですね。あそこへ悪魔たちがわが社の顧客以外のすべての者を連れこむのです。そして〈最後の審判〉が終わりに近づくと、〈神〉が個人的に顧客たちを〈天国〉へ迎え入れるのです。しかもおそろしく丁重に、辞を低くして。ですから中には（しかしこれは愚者の俗物根性《スノビズム》からでたことですが）神が連中と立場を入れ替わるよう申し出るように要求するものまででてきています。どうですか、あまりにも子供じみていませんか。どうもアメリカ人は常にそうした連中に惹かれる傾向にあるようです。ご覧のようにこれが、ブッタタキとイザコザンですが――」と言って、不快な表情をうかべ分厚いカタログを振った。

「まったくもって尚古主義《プリミチビズム》もいいところです。隣人というのはひっぱたくための太鼓なんかじゃなくて、デリケートな楽器なんですからね！」

「ちょっと待ってくれ」私は鎮静剤をもう一錠口の中へほうりこんで言った。「すると、君はいったい何を設計しているんだ？」

かれは得意げにほほえんだ。

「無ビット作曲ですよ」

「しかし、ビットは情報の単位だろ？」

「いやそうじゃありません、泰平さん。打擲《ちょうちゃく》の単位です。基本的にわたしは無ビット構成者です。だからわたしのプロジェクトは笞度《ちど》で測られます。一笞度は、六人構成の家族が目の前で殺されるのを見たとき家長が味わう不快感に相当します。この計算でいくと、主なる神はヨブに三笞度の苦痛を与えたことになり、いっぽうソドムとゴモラの町はたっぷり四十笞度の罰をうけたことになります。しかし計量的な側面だけではまだ充分とはいえません。本質的にわたしは芸術家であり、しかもこの領域はまだ手つかずのまったく新しい分野でもあります。善についていえば、これまでに無数の哲学者たちが学説を展開してきましたが、悪の理論となると、いかにもバツが悪そうなふりをしてほとんどだれもこれに手をつけず、実にさまざまな浅学菲才の輩《やから》や幼稚な連中の手にゆだねられてきました。訓練も、しっかりした研究もしなければ、熟達した技も霊感も身につけていないで、巧妙でずる賢く微妙にこみいった悪がものになるかもしれないなどと思うのは、欺瞞もはなはだしいと言わなくてはなりません。拷問学、暴虐学、世俗、宗教両面にわたる紛糾学では充分とは言えません——これはせいぜいが然るべき問題にいたるほんの序の口にすぎません。なにしろまだ普遍的な処理方法はないのです——suum malum cuique!（各自に最高の悪を）です」

「で、顧客はたくさんいるんですか？」

「生きている人間は一人残らずわが社の客です。赤子のときからすでにそうなんです。子供たちには父親殺しキャンディを与えて不満を発散させます。ご存知のように父親というのは禁制と規範の源であり、欲求不満の原因ですから、フロイドリンを与えれば、エディプスコンプレックスにかかるものはいません！」

私はかれのところを辞去したが、錠剤は一錠も残っていなかった。ひどい気分だ。なんだこの世界は！　このせいでだれもかれもがあんなに息を切らしているんだろうか？　周囲は妖怪ばかりだ。

## 二〇三九・Ⅸ・三〇

シミングトンの件をどうしたらいいのかわからない。だが、かれとの関係をこれまでどおり維持していくのはむつかしい。アイリーンが助言してくれた。

「ダンプカーを注文すれば！　よければ、わたしがプレゼントしてあげてもいいわ！」

それは『プロクルスティックス社』に注文して購入する因果応報のことをいっているのだ。つまり、シミングトンがわたしの足許でほこりにまみれて平伏し、自分も会社も製品もいっさいがどうしようもなく醜悪でおぞましいものだと認めて、私が勝利した場面を注文しろと勧めたのだ。しかし、どうして信用していいかどうか自分が疑っている方法を使えるだろうか？　アイリーンにはそのことが理解できない。彼女とのあいだがなんだか気まずくなる。彼女は体が太り背が低くなって叔母のところから戻ってきた。ただし首だけはかなり長くなっている。肉体のことなどさして問題ではない、それより重要なことは魂だ。たしかにそれはあの化け物が言ったとおりだ。なんということだ。これから暮らしていかなければならない世界をすっかり誤解していたのだ！　今までは勝手に空想していたが、ここのことがわかりかけてきた！　前に見すごしていたことが今ではっきりと目につく。たとえば、例の頬に赤あざのある隣人が中庭《パテオ》でなにをやっていたのか今になって理解できる。パーティで話し相手が私にことわって、優雅な態度で部屋の隅へ離れていったとき、それがどういう意味だったのか今ならわかる。かれはそこで嗅ぎタバコをやりながら、じっと私から目を離さなかった。それは、そこにはっきりと映っている私の肖像が、かれの怒り狂った想像力が描く地獄へたちまち落ちてしまいそうな視線だったのだ。化学主義社会の上流社会に属している連中までがそういう振舞いをするのだ！　それなのに私は、さも優雅そうな物腰の陰に隠されているそういう嫌なところに気づいていなかったのだ！　気力をたかめるために砂糖入りのヘラクレジンを一匙《さじ》飲んでから、キャンディの箱をひとつ残らず叩きこわし、アイリーンがごっそりと私のために持ちこんだ水薬の瓶、粉薬の容器、錠剤のケース、ガラス瓶、調合器を打ちくだいてしまった。どうなろうと覚悟はできている。ときどき狂暴な気分に駆りたてられることがあったので、どうしても感情相殺医に診てもらいたくなった。そうすればかれに激情をぶつけられるかもしれないからだ。理性は、棍棒を持って待っているくらいだったら、自分でそれをやったほうがいいとささやいている——空気人形《ダミー》だって買えるのだ。しかしマネキンが手に入るのだったら、マダメキンが買えないはずがないし、マダメキンがだいじょうぶなら、マンドロイドだっていいはずだ。畜生、マンドロイドが買えるんだったら、ホプキンスに——つまり『プロクルスティクス社』に手頃な責め苦、この堕落した世界に降らせる硫黄とタールと火の雨を注文したってかまわないのではないか？　だがそうはいかないところがもどかしいのだ。なにもかも自分一人で、いっさいのことを自分だけでしなければならない——そう、一人でだ！　ひどい話だ！

## 二〇三九・X・一

ついに今日、彼女との仲が終わった。彼女は私に手を差しだして、黒と白の錠剤を二個渡し、その場でどちらを飲んだらいいか、それをこっちに決めさせようとした。つまり、こんなに重要な心の問題まで、精神化学薬品を使わずに自分で決定をくだすこともできなくなっているのだ！　私がそんな選択はしたくないと言うと口論になってしまい、彼女はカングリンを服用して抗弁した。彼女とデートする前に私がワルクチン（これは彼女が言ったことばだ）を飲んだにちがいないと、いいかげんなことを言って責めたてた。私にとっては胸の痛む辛い時間だったが、自分の主張をあくまで押し通した。本日限り、自分で調理した食事だけ、自分の家でとることにした。ユメゴゴチン、パラダイシン、ノンビリゼリーはとっくに捨ててしまい、いっさいの快楽薬ときっぱり手を切った。抗薬品剤も脱薬下剤も必要としない。悲し気な目をしたひどく奇妙な――車輪がついているからだ――大きな鳥が窓から部屋の中をのぞいている。コンピューターがそれはホモセクシャルと言うのだと断言した。

## 二〇三九・X・二

ほとんど外出しない。歴史書と数学書を飲む。そのあと還視を観る。だがそのとき、周囲のすべてのものに対して反抗心がわきあがってくる。たとえば昨日にしても発作的に情景硬化調節器を操作してしまった。つまりイメージに独自の重量をもたせ、すべてのものにできるだけ大きい密度と質量が生じるようにしたのだ。夕方のニュースが書きこまれている数枚の原稿カードの重みでこわれた机がアナウンサーに当たり、かれはスタジオの床を転がっていった。言うまでもないことだがその効果はもっぱら私の部屋の中だけに現われたことで、ただ私の心理状態を表わしているだけで、深刻なことは何も起こらなかった。それだけではない。還視でやっている小咄、駄洒落、諷刺、モダンギャグにはいらいらさせられる。〝夢に夢みる夢の夢〟、〝苦もなく苦をなくす薬の功徳〟――これではどうしようもないだろう！　番組の題がまたこれと同じときている……たとえば〝魂胆《こんたん》色《いろ》遊《あそび》駈落《かけおち》二人《ににん》絡操《ロボット》〟だ。これは、黒い顔料を塗った一組の駈落ち者が座っている場面で始まる煽情的な芝居だ。私はスイッチを切ってしまった。いいかげんうんざりしていたからだ。しかし、隣の部屋から別の下水道で大流行している最新のヒットソングが聞こえてきたら、それは話が別だ（しかし、私がいた下水道はどこにあるんだろう？　いったいどこなんだ!?）――〈若い娘のバッグをのぞきゃ、中にアンタナンカキラインとハヤクヤッテネールが入ってる――二十一世紀だというのに部屋の防音が完全にできないのか!?　今日もまた還視の硬化装置で楽しんだが、けっきょく最後にはそいつをぶっこわした。勇気をだして、なにかをする決心をしなくてはならない。しかし、なにを？　なんでも足りていて、なにもかも腹のたつことばかりだ。まったくつまらない。郵便だってそうだ――角にある局からノーベル賞に応募してはどうかと申し入れがあり、恐るべき過去からやってきた人物として一番最初に処理してやるといってきたのだ。気が狂いそうだ！　本当にどうかなりそうだ！　〝普通では手に入らない秘密の錠剤〟を勧めているあやしいパンフレットもある。なにが含まれているか考えたくもない。販売することを禁じられている幻夢剤を秘かに扱っている売人たちにたいする警告書もある。また、精神エネルギーを浪費するから、好き勝手に本能のおもむくままむやみに幻夢剤を服用しないようにと訴えたアピールもあった。こんなに市民のことを心配してやるとは、たいした親心だ！　私は、百年戦争の幻夢剤を注文した。翌朝、目を覚ましたら全身打ち身だらけだった。

## 二〇三九・X・三

相変わらず世捨人のように孤独な生活を送る。新たに予約購読をはじめた季刊誌『祖国の未来を占う者』に目を通していると、トロッテルライナー教授の名前が偶然目にとまって驚いた。すぐさま疑惑がまたもや頭をもたげ、最悪の事態を考えてしまった。私がいま体験していることはことごとく、蜃気楼と幻が描きだした泡沫《うたかた》にすぎないのではないか？　原則的にはありえないことだ。〈心理数学〉が、幾重にも層になった幻想を生みだす位層錠や多層薬を近ごろ少し過小評価しすぎているのではないか？　たとえばだれかマレンゴで戦ったときのナポレオンになりたいと思う者がいても、戦が終わればいやでも現実に戻ってこざるをえない。だから、ネイ元帥か親衛隊のだれかが銀の盆に新しい薬を載せてかれに差しだしてやるのだ。たしかにそれは幻覚にすぎないが、それは問題ではない——要するにひとつのパーティが終わるとすぐに次の幻覚の扉が開き、それが無限に続く。私はいつも思いきった手段で難局を切り抜けてきたので、今度も電話帳をまるごと一冊飲みくだして教授の電話番号をつきとめ、かれに電話をした。たしかにかれだった！　夕食を一緒に食べることになった。

二〇三九・X・三

夜中の三時。死ぬほど疲れ、すっかり気が滅入っているが、ペンをとる。教授は少し遅れてきた。しばらくレストランで待たされた。かれは歩いてやってきた。かれは前世紀のときよりかなり若返っていて、傘も持たず眼鏡もかけていなかったが、遠くからすぐにかれだとわかった。私の姿を認めたらしく足を早めた。

「どうしたんだ、歩きかね？」私は尋ねた。「調子が悪いのか？」(自動車の調子が悪くなることはよくあることだ)

「いや、そうじゃない」かれが答えた。「歩くほうが気に入っているからだ……」

だがそう言ったときなにか奇妙な笑みをうかべた。コンピウェイターがさがったので、かれが今なにをしているのか尋ねかかった――だがつい幻覚について疑問をもっていることを口にだしてしまった。

「やめてくれ、泰平君、また幻覚の話か！」かれは腹をたてた。「君が私の見ている蜃気楼の一部だと疑うのなら、当方も立派に疑えるんだ。君は冷凍にされたな？　私もだ。そして解凍されたのだろう？　私もそうだ。おまけにかなり若返らせてくれた。そう、回春剤や抗老衰薬のおかげだ。ま、君には必要なかっただろう。だが、私はそういう薬をたっぷり投与されなかったら未然学者にはなれなかったかもしれないんだ！」

「それを言うなら未来学者だろう？」

「そのことばは今じゃ別の意味をもっている。未来学者は予未《よみ》（つまり未来予知）をするが、わたしは理論をやっている。これは、われわれがいた時代には知られていなかった、まったく新しい領域だ。言うなれば言語による未来予知と呼んでもいいだろう。言語予知学だ！」

「聞いたことがないな。それはなんなんだ？」

私がそう尋ねたのは、実を言うと興味を感じたからと言うより、聞くのが礼儀だと思ったからだ。だが、かれはそれに気づかなかった。コンピウェイターがオードブルを運んできた。スープが来る前にシャブリの一九九七年産白ワインを空けた——この年ものは極上品だったし、それに愛飲している銘柄だったからそれを選んだのだ。

「言語未来学というのは、言語がもつ語形変化の可能性を通じて未来を研究する学問だ」トロッテルライナー教授が説明した。

「なんのことかさっぱりわからない」

「人が制御できるものは、理解できるものに限られている。そして理解できるものといえば、ことばになった概念だけだ。したがってことばで表現できないことは理解できない。言語の将来の進化をさらに研究すれば、いつか言語が発見、変化、風俗習慣の変革にどのように反映されるかがわかるようになるはずだ」

「それは驚いた。で、実際にはどうなるんだ？」

「研究は大型コンピューターの助けを借りて進められている。なにしろ、すべての変化を人間が自分で追跡して確認するわけにはいかないからな。主として、言語の構文と語形の変化順列のことを問題にしているのだが、量子化された……」

「教授！」

「申し訳ない。このシャブリはすばらしい。いくつか例をあげれば問題がもっとはっきりするだろう。なにかことばを言ってくれ。どんなことばでもいい」

「自分」

「自分？　ふん、自分か。いいだろう。わかっていると思うが、言うなればわたしはコンピューターの代わりをつとめなくてはならない。だから答えがごく簡単なものになる。つまり自分とは——自我のことだ。この伝で行くと、爾《なんじ》は——爾我《じが》で、我々は——複我ということになる。わかるだろ？」

「まるでわからない」

「こんなにわかりやすいことが？　いま問題にしているのは、自我が爾我と溶け合う可能性についてだ。つまり、ふたつの意識が合わさってひとつに融合するということだ。これが第一点。つぎに、複我——これが第二点だが、非常に面白い例だ。つまりこれは集合意識のことだ。たとえば一人の人間の意識がいくつにも分裂したとき、複我が生まれる。別のことばを言ってみてくれ」

「足」

「いいだろう。足はどうだ？　慢足。負足。あるいは、怒足。足鼻《たび》。足積《そくせき》。足《あし》る。足わう。足なる。足気ない。足様《あしざま》。あし、あしる、あしれ、あしろ。足理学。このとおりいくらでも作れる。足理学。足理学者……」

「それがどうしたというんだ？　そんなことばはなんの意味もないだろ？」

「たしかにさしあたってはなんの意味もない。だがいずれ意味をもつようになる。要するに、足理学や足脚主義が普及すれば、これらの単語も意味をもつようになるかもしれないということだ。知ってのとおりロボットということばは十五世紀にはなんの意味もなかった。だが、当時もし言語未来学があったら、自動機械《オートマトン》のことは容易に推測できたはずだ」

「それで、足理学とはいったいなんなんだね？」

「いいか、この場合にかぎっては、はっきりと説明ができる、と言うのは、問題が予知に関したことでなく、すでに存在していることが関係しているからだ。足理学とは、最も新しい概念だ。つまり人間がいわゆるhomo sapiens monopedes（単足人）に自律的に進化する新しい方向のことだ」

「一本足の人間？」

「そのとおり。歩行の無駄をはぶくためと、空間がしだいになくなっていく点を考慮してだ」

「そんな馬鹿な！」

「わたしだってそう思っている。それはそうだが、ハツェルクラッツァーやフォシュビーンといった名士が足理学者なんだよ。足ということばを挙げたからには、そのことを知っていたんじゃないのか？」

「とんでもない。で、ほかの派生語の意味は？」

「まだいまのところわかっていない。足理学が大勢を占めるようになれば、慢足とか足鼻といったことばが指すものも意味をもつようになるだろう。つまりこれは予言ではないんだよ、君。単なる純粋な可能性の展望にすぎないのだ。では、つぎのことばを挙げてみたまえ」

「乱暴」

「いいだろう。乱暴か、乱暴だね。乱暴は暴力、暴行に通じる。もとが漢語だとすれば、漢語で関連語を探す必要がある。狼藉、落花狼藉。よし、これできまった。それは、花を摘んだから暴行されて子供を産んだ処女のことだ」

「どこから花なんてことばがでてくるんだ?」

「落花は花が散ることだ。つまり手折《たお》られた処女に通じる。すなわち処女を失った女だ。おそらくそういう女のことを〈孕み女《はらめ》〉とか、〈還視で孕んだ女〉を略して簡単に〈還婦〉というようになるだろう。請けあってもいい、将来は実は豊富な資料がふんだんに利用できるようになるはずだ。そう、憲法制定会議に所属する未来予知会議のような組織が、新しいしきたりを持った世界をすっかり開いてくれるようになるだろう!」

「あなたが新しい科学に熱をあげていることはよくわかった。では、別のことばで試してみていいか? ごみくずなんかどうだ」

「かまわん。君が疑ぐり深くても問題はない。大いに結構だ。それでなんだって……そう、ごみくずだったな。さてと、塵海に夢屑《むせつ》、芥《ごみ》る。ごみくずの山が——普塵芥《ふじんかい》。そうだ普塵界だ——これは実に興味がある。泰平君、素晴らしいことばをだしてくれた——普塵界、うんこれだ。これこれ、これだ！」

「それになにか特別な意味でも？　そのことばに意味があるとは思えない」

「まず第一に、それを言うんだったら、語味があるとは思えないと言ってもらいたいもんだ。意味がないなんて言いかたは時代遅れもいいところだ。さっきから気がついているんだが、きみは新しいことばにあまり注意を払っていないようだ。それはよくない。まあ、その件についてはあとで話そう。次にだ——今のところ普塵界ということばにはなんの意味もないが、こうあるべきだという未来の語義は推測できる！　心理動物学の新しい理論に関係がある。そうじゃないだろうか。これは軽視できない問題だな！　その理論によれば、星はもともと人為的に生まれたものだと言っているんだ！」

「何を根拠に？」

「普塵界ということばそのものからだ。この単語の意味していることは、つまりそれから連想できるのは、果てしなく長い時間が経過するあいだに、宇宙が塵芥で、つまりさまざまな文明の廃棄物であふれかえってしまったというイメージだ。そうした廃物は手のほどこしようがなく、天文学者の観測や宇宙旅行の障害になったのだ。だから非常に高い温度がでる途方もなく大きい焼却炉が建造され、ごみくずを燃やすようになったのではないだろうか。質量も大きかったにちがいないから、ひとりでにごみくずを引きよせ、宇宙空間はしだいにきれいになっていく。だがあそこに見える星々——そうだ、あの赤々と燃えている火や暗い星雲は、まだ焼却が終わっていないごみくずなんだ」

「なんだそれは、まさか本気でそんなことを言ってるのか？　そんなことがありえると思っているのか？　宇宙は塵芥を生贄《いけにえ》にして焼き払う儀式みたいなものだと言うのか、教授？」

「私がどう思おうと、そんなことは問題ではない、泰平君。まさに言語未来学のおかげがあればこそ、来たるべき世代のために純粋な可能性として宇宙創造説の新説をたてられたのだ！　連中がそれを真剣にうけとめてくれるかどうかはわからない。だが、そうした仮説をことばとして口にできることは事実なんだ！　もし前世紀二〇年代に言語学的外挿法が存在していたら、すでにそのころ——おそらく覚えていると思うが——爆弾という単語から派生した〈誘愛弾〉ということばは予想できたはずだ。いいかい、君、ことばそのものに、大きな可能性が——と言っても無限とは言えないが——隠されているんだよ。〈ユートピア〉がもともとはギリシア語の ou（無）と tópos（場所）からできたことばで、字義どおりには存在しない場所、到達しえない所を意味していることを思いだせば、たいていの未来学者が未来にたいして暗い見かたをしていることもよく理解できるはずだ！」

話題はほどなく私がいちばん問題にしている件に戻った。私はかれに自分の不安を──そしてこの新しい文明に嫌悪感をいだいていることを打ち明けた。かれは憤慨したが、それでも最後まで私の話に耳をかたむけてくれ──もともと心根はやさしい人物だったから──同情までしはじめた。しかも見ていると、ベストのポケットに手をのばし、憐憫剤までとりだそうとした。だが、のばしかかった手を途中でとめてしまった。なぜかと言えば、私が精神化学社会を罵倒しまくったからだ。ところがかれは真面目な表情をして言った。

「そういう態度はよくないな、泰平君。きみはお門違いの非難をしている。本質がわかっていないのだ。見当すらついていないんだろうな、事の本質にくらべたら、『プロクルスティクス社』やそれ以外の精神文明のすべての所産もとるにたらないことだ！」

私は自分の耳が信じられなかった。

「しかし……しかし、それは……」私は口ごもった。「いったい何が言いたいんだ、教授？　これ以上悪いことがなにか？」

かれは机ごしに私のほうへ体をのりだした。

「泰平君、これから私がしようとしていることは君のためを思ってするのだ。君のために職業上の秘密を犯すことにする。君がいま文句をつけたようなことは全部、子供だって知っていることだ。それ以外にありようがないんだから、しかたがない。麻酔剤や初期の幻覚剤のあとに、強力な選択効果がある精神焦点剤と呼ばれる薬が現われた瞬間から、文明の進歩はそちらの方向へ進まざるをえなかったのだ。だが、本当の意味での大変革が起こったのは、ようやくマスコン——つまり点覚剤こと点線状幻覚剤が合成された二十五年前のことだ。麻酔剤は人間を世界から遮断するのではなく、それとの関係を変えるにすぎないし、幻覚剤は世界全体を混濁させ覆うだけのことだ。ところがマスコンは世界を偽造するのだ！」

「マスコン……マスコン……」私は繰り返した。「そのことばだったら知ってるぞ！　なんだ、月の地殻下でどろどろの土が凝結《マスコンセントレーション》したやつのことだ。鉱物の凝縮物のことだろ？　しかし、それとこれとどういう関係があるんだ？……」

「いや、無関係だ。このことばはまったく別の意味——つまり語味をもっている。語源はマスクだ。然るべく合成されたマスコンが脳に入ると、外界のあらゆる対象が虚構のイメージで覆われてしまう。それがあまりにも真に迫っているから、マスコンの影響下にある者は、現実に知覚が働いているのか、それとも虚妄状態にいるのかわからなくなってしまう。たとえ一瞬にしろ、マスコンが生みだした架空の世界ではなく、実際にわれわれをとりかこんでいる現実の世界を見たら、震えあがってしまうにちがいない」

「ちょっと待って！　どんな世界だって？　どこにあるんだ、それは？　どこへ行けば見られるんだ？」

「いたるところにある。ここだって見られるぞ！」あたりをこっそり見まわしながら、私の耳許でささやいた。かれは私のほうにのりだすと、擦りへったコルクで栓をした小さなガラス瓶を机の下から渡してよこし、秘密めかした口ぶりで言った。

「これはアンチフと言って覚醒剤の一種で、強力な抗精神化学薬品だ。メスカル・ブトン・ペオチン系の薬だ。服用しなくとも所持しているだけで、重大な法律違反に問われることになる。机の下で栓を開け、鼻で一息吸いこむんだ、ただし一度だけだ——アンモニアを嗅ぐときのようにやるんだ。そう、気つけ薬を使う要領だ。それから……おい、よせ！　たのむから自制してくれ！　落ち着くんだ、そのことを忘れるな！」

小瓶の栓を抜く手が震えていた。教授に瓶をとりあげられてしまったが、かろうじてアーモンドの鋭い香りを嗅ぎ、目に涙があふれた。指先で涙をぬぐい、まぶたをこすって、ふたたび目が見えるようになったとたん、ハッと息をのんだ。絨緞を敷きつめ、シュロの鉢がいっぱい並んだすばらしい広間、華やかな陶器《マジョリカ》張りの壁、優雅な光沢を帯びた机、食事をとっている私たちのために、奥のほうで音楽を演奏していた楽団、それが全部消えてしまった。私たちは、コンクリートの待避壕でむきだしの木のテーブルに向かって座り、足はとっくの昔にすっかり朽ちはてているしょうぶの群に埋まっていた。相変わらず音楽は聞こえていたが、それが錆びた針金で吊りさがっている拡声器から流れてきているものだとわかった。水晶のように虹を放っていたシャンデリアがあった場所にはほこりをかぶった裸電球がぶらさがっていた。だが、なんと言ってもテーブルの上の変わりかたがいちばん激しかった。雪のように白いテーブルクロスは消えていた。湯気をたてているヤマウズラとトーストが載っていた銀の大皿は、陶器の食器に変わり、それには食欲がそがれる灰褐色の粥が入っていて、錫《すず》のフォーク——と言うことはこれも歳月を経て気品がでた銀色が消えてしまっていた——にベトベトとからみついていた。冷水を浴びせられたような寒気がして、私はその胸くそが悪い得体の知れない代物を眺めた。ほんのついさっきまで、こんがりと狐色に焦げた鳥の皮をあじわい、上はほどよくパリパリに焼け、下はたっぷりと汁気を含んでいた厚切りトーストの歯ごたえを楽しんでいたというのにだ。近くの鉢に植わっているシュロの小枝だとばかり思っていたものが、実はパンツの紐で、それをはいている男はほかの三人の男と一緒に私たちのすぐ上の中二階と言うよりむしろ棚といったほうがいい、ひどく狭くて窮屈な場所にいた。それほど群集が信じられないくらいにひしめきあっていたのだ。その恐ろしい光景がゆらめきはじめ、魔法の杖が触れたように変化し、もとに戻りはじめたときは、目玉が眼窩からとびだすのではないかと思った。顔のすぐそばにあったパンツの紐がみどり色に変わり、ふたたび葉をつけたシュロの枝になり、三歩離れたところから悪臭を放っている、ドロドロしたものが入っていた桶が黒光りした光沢をとりもどし、彫刻をほどこした植木鉢になり、汚れたテーブルの表面は、まるで初雪に覆われたように真白になった。クリスタルグラスが輝きはじめ、粥状のドロドロしたものが鳥料理のうまそうな色合いをとりもどし、しかるべき場所に羽と肢《あし》が生え、フォークの錫はにぶい銀色を放ちだした……そして給仕たちの燕尾服があたりで行きかいはじめた。私は足許を見おろした——藁はペルシャ絨緞に変わっていた——豪華な世界に戻った私は深い溜息をついて、ヤマウズラの豊かな胸をじっと眺めていたが、そこになにが隠されているのか、どうしても忘れることはできなかった……。

「どうやらやっと現実を理解しはじめたようだな」トロッテルライナー教授が気遣わしげに私の顔を見つめながら低い声で言った。いささかショックが大きすぎたのではないかと心配しているらしい。「われわれが今いるところが超一流の場所だということは心に留めておいてもらおう！　前もってきみに秘密を打ちあけることなど考えないで、おそらく見たら知性が狂ってしまうかもしれないレストランへ君を連れていくことだってできたんだ」

「なんだって？　すると……つまり……もっと恐ろしいところがあると？」

「そうだ」

「まさか」

「誓ってもいい。少なくともここには本物のテーブル、椅子、皿、フォークがある。ところがそこでは、人は蚕棚のように幾重にも段になった板のベッドに座って、コンベヤーで運ばれてくる桶からじかに指で食っているのだ。だが、そこでもヤマウズラに見せかけて正体がわからなくしてあるが、とても栄養になるような代物でないことは同様だ」

「いったいそれはなんだ!?」

「絶対に毒ではないよ、泰平君。塩素で消毒した水に漬け魚粉をまぜた草と、飼料用ビートのエキスにすぎない。普通はそれに膠《にかわ》とビタミンを加え、のどにひっかからないように合成滑剤でぬめりをもたせてある。臭いに気がつかなかったか？」

「気がついた。もちろん気がついた!!!」

「これでわかったろ」

「お願いだ、教授……これはどういうことだ？　頼むから教えてくれ！　頭をさげる。

陰謀なのか？　裏切り？　人類絶滅計画？　悪魔の策謀？」

「とんでもない、泰平君、見当違いもはなはだしい。そんな悪魔みたいな形相をしなくてもいい。ここは、二百億以上の人間が住んでいる世界にすぎない。今日の〈ヘラルド〉を読んだかね？　それによると、パキスタン政府は今年の飢饉で死亡したのはたったの九十七万人にすぎないと主張しているが、野党側は六百万人だといっている。そんな世界のいったいどこでシャブリやヤマウズラ、ベアルネーズソースのシチューが見つかると思う？　最後のヤマウズラは四半世紀前に死に絶えてしまった。あの鳥は、うまく保存されていた死骸にすぎない。巧妙に死体をミイラにしておくことができるようになったからだ——と言うよりは死そのものを隠蔽することを覚えたからだ」

「ちょっと待ってくれ！　さっぱりわからない……つまりあなたが言わんとしていることは……」

「きみに悪しかれと思っている者などだれもいないということだ。むしろ逆に——思いやりからだ。つまり、化学的なペテン、カムフラージュ、ありもしない羽や肢による現実の粉飾を使うのは、高度な人間的本質が動機になっているからだ……」

「教授、するといたるところでいんちきが行なわれているということになるが？」

「そのとおり」

「私は外食などしないし、自分で料理をする。それなのにどうして……？」

「どうしてマスコンを吸うのだ、と言いたいんだろ？　きみが聞きたいことは？　空気中に原子となって含まれているのだ。コスタリカのエアゾールのことは覚えているだろ？　あれは、モンゴルフィエ（十八世紀のフランスの発明家。熱気球の実験に成功）のロケットみたいなもので、おずおずとやった最初の実験というわけだ」

「このことはだれだって知っているんだろ？　それでいてそれとうまく折合いをつけて暮らしているんじゃないのか？」

「そんなことは絶対にない。このことはだれも知らない」

「噂もデマもまったくないというわけにはいかないだろ？」

「デマはいたるところに流れている。だが、健忘剤があることを忘れないでくれ。だれだって知っていることもあるが、だれも知らないことだってある。薬物主義社会には、公然としている部分と隠されている部分がある。後者に支えられているからこそ前者があるのだ」

「そんなことはありえない」

「ほう、どうして？」

「しょうぶの群の手入れをしなくてはならない者がいるし、実際にわれわれが使っている陶器や鳥料理に見せかけるドロドロの粥を作る者もいるだろう。すべてについてそうだ！」

「まったくそのとおりだ。きみが言っていることはもっともだ。すべてのものを作ってそれを維持しなくてはならない。だが、それがどうだと言うんだね？」

「その仕事にたずさわる連中は見ることになるし、知ることになる！」

「またそういう馬鹿なことを言う。きみは相変わらず古臭い考えかたしかできないんだね。人は、ガラス張りの美しい温室へ向かっていると思っているのだ。中へ入るとアンチパラダイジンを与えられ、むきだしのコンクリート壁と作業台があることに気がつく」

「そして仕事がしたくなる、と言うのか？」

「そう、おそろしく熱心にだ。つまり献身薬を一服飲むからだ。したがって労働は犠牲的行為であり、崇高なものになるのだ。仕事が終われば健忘剤か忘却錠を一服飲むだけで充分だ。それで目撃したことを全部忘れてしまうんだ！」

「これまでずっと幻覚を見ているんじゃないだろうかと恐れていたんだ。これでやっと自分が馬鹿だったことがわかった！　ああ、帰りたい！　どうしたら戻れるんだ！」

「帰りたい？　どこへ？」

「ヒルトン・ホテルの下水道へだ」

「くだらない。そういう態度は軽率だし、馬鹿だったなどとは言うべきじゃない。ほかの連中と同じことをするべきだ。みなと同じように食ったり飲んだりすることだ。そうすれば、必要量のオプチミスタニンやエンジェノールが摂取できて、この上なくいい気分になれる」

「するとあなたも悪魔の味方だってことか？」

「少し分別ってものをもったらどうだ。かりに医者が必要があって病人をだましたからといって、それが悪魔のように邪悪な行為と言えるのか？　どうせそういう暮らしかた、食べかた、生きかたをしなくてはならないのだったら、きれいな包装がしてあるように見えたほうがいい。マスコンは申しぶんなく効き目がある——ただし例外がひとつだけあるにはある——ところでこの薬のまずい点はなんだと思う？」

「今はそのことであなたと議論をする気にはなれない」私は少し落着きをとりもどして言った。「どうだろう、昔の誼《よしみ》でふたつばかり質問に答えてもらえないか。そのマスコンの作用の例外とはいったいなんだ？　それから、いったいどんな方法で全面軍縮が達成できたんだ？　それも蜃気楼というわけではないだろ？」

「そうだ、幸いにもそれは完全に現実だ。だがそれを詳しく説明するには時間をかけて講義をしなくてはならない。だがいまはその暇がないんだ」

翌日もう一度会う約束をした。別れるときマスコンの欠点について重ねて尋ねると、教授は立ちあがりながら言った。

「遊園地へ行ってみるんだ。そして不愉快な目にあうことを厭《いと》わないのなら、いちばん大きいメリーゴーラウンドに乗るんだ。回転速度が最高に達したら、ポケットナイフで座席の保護覆い《カバー》を切り裂いてみるといい。カバーは、回転しているときマスコンが現実を曇らせるために作りだす幻影が、回転に屈するからこそ必要なのだ。――ちょうど遠心力で木馬の目隠しが外側へ引っぱられるようなものだ……やってみればわかる。そうすれば、すばらしい幻覚のうしろからなにが現われてくるか見えてくるはずだ……」

夜中の三時に、すっかり打ちひしがれてこれを書いている。これ以上なにか書き加えることがあるだろうか？　この文明からのがれどこか僻地《へきち》へ身を隠す逃亡計画を真剣に練る。銀河も私にとっては興味はない。帰るべきところがなかったら、旅をする気にもなれない。

## 二〇三九・X・五

午前中は町をぶらついてすごした。どうにか恐怖を抑え、各所に見られる安逸と贅沢のしるしを眺めた。マンハッタンにある画廊では惜しげもなくただ同然の捨値でレンブラントやマチスの原画を売り払っている。その近くでは、ルイ王朝スタイルの豪華な家具、大理石の壁暖炉、玉座、鏡、サラセンの甲冑の競売をやっている。ありとあらゆるオークションがやたらと開かれている――野生の梨でも売るかのように建物が取引きされていた。だれもが自分の家を御殿のようにできる天国で暮らしているように思えた。ノーベル賞候補自選登録事務局もその独自の性質を私に見せてくれた。つまり、この上なく貴重な芸術作品を住いの壁にかけることができるように、だれもがノーベル賞を手に入れることができるのだ――もっともどちらの場合も脳に刺激を与える一服の粉薬の作用ではあったが！　集団幻覚の一部分が公然となっていて、したがってその部分で虚構と現実をへだてる一線を引くことができるなどということは、全部とんでもない話だ。何事にたいしてももはや自然な反応をするものなどだれもいないのだ――化学薬品の作用で学習し、人を愛し、反乱を起こし、ものを忘れるのだ――薬物で操作された感覚と自然のそれとの間には違いがなくなっている。

私はポケットの中で拳をしっかりにぎりしめて町を歩きまわった。カンシャクリンやゲキドールなどを飲んで激しい怒りを味わう必要などまったくなかった！　足跡を追う猟犬のようにいきりたった私の思考は、このとてつもなく大がかりなペテン、地平線のかなたにまで拡がっている粉飾の世界の中で、虚ろな響きをたてる場所を見つけだしていた。子供たちにはパパゴロシロップがあてがわれ、その後、人格形成のためにイイアラソインとクチゴタエールが、そして火がついた感情の爆発を鎮めるためにオリアインとキョウチョールが与えられる。警察は存在しない。かりに犯罪者がいても、『プロクルスティクス社』が犯罪志向を無害なものにしてくれるのでそんなものは必要がないのだ。今まで渇仰薬に手をださずにきたことはよかったと思っている。なぜなら、それには慈悲散、良心膏、罪過錠、免罪丸といった信仰布教薬がそっくり調合されているのだ。それに聖餐カリを飲めば、たちまち聖者にもなれるのだ。だが、どうしてアラー・イスラミンや仏陀禅剤、涅槃無窮丸、神触錠といった薬がないのだろう？　いっぽう砂糖に加えた座薬を服用すればヨシャパテの谷で最前列に並ぶことができる。陶酔教は実にすばらしい！　信者のための極楽往錠、復活剤はそれ以外のことができる。陶酔教は実にすばらしい！　信者のための極楽往錠、マゾヒスト用のアクマンとイキジゴクール——薬剤院のそばを通りかかったとき、あやうく中へ駆けこみそうになったが、どうにか自分を抑えることができた。そこでは会衆が床にひざまずいて敬虔な祈りをささげており、嗅ぎタバコでも吸うように、イノリンを楽しんでいた。だが私は自制した。健忘剤を飲まされるかもしれないからだ。それだけはごめんだ！　私は、べっとりと汗に濡れた掌でポケットの中のナイフを握りしめて遊園地へ向かった。だが、結局なんの体験もできなかった。と言うのは、座席の保護覆《カバ》ーがとほうもなく固かったからだ――どうやら鋼《はがね》製のようだった。

トロッテルライナー教授が借りている部屋は五番街の近くにあった。約束の時間に行ったのだが留守だった。だが少し遅れるかもしれないと言って、ドアを開けるのに必要な笛を渡されていた。中へ入って、学術書や原稿で埋まっている教授の机の前に座った。退屈のあまり――と言うよりはむしろ、心の中では激しい不安を感じていたので、それを抑えるためだったが――トロッテルライナー教授のノートをのぞきこんだ。〈遍塵芥〉、〈産孵〉、〈雄姦〉、〈雌姦〉……なるほど、あいつは、自己流の風変わりな未来学用語を考えだしてリストにしてるってことか……〈胎育〉、〈蘇生院〉、〈産化学〉。〈バースレコホルダー〉というのは〈出産記録保持者〉の意味だろうか？　爆発的な人口過剰の時代だ、おそらくそうにちがいない。毎秒、八万人の子供が生まれてくるのだ。いや、ひょっとしたら八十万かもしれない。しかし、だからと言ってどんな違いがある？　〈思考医〉、〈思患〉、〈思相〉、〈志想〉。〈基本的思想〉とはつまり〈旗翻的思想〉のことで、〈本想〉とは〈翻想〉のことだ。かれはこんなことしかやっていなかったのだ！　教授、あなたがここに御輿《みこし》をすえているあいだに、あちらでは世界が滅びかかっているんだ、と叫びだしたくなった。突然、紙の下でなにかがキラッと光った――

アンチパラダイジンの薬瓶だった。一瞬ためらった。だがすぐに腹をきめて、慎重に一嗅ぎし部屋の中を見まわした。

妙だ！　ほとんどなんの変化も起こらない！　本棚、処方箋つきの薬剤が載っている棚、なにもかも前のままだった。ただ、鮮やかな光沢を放って部屋を飾っている大きなタイル張りの蒸焼窯だけは、焼けたブリキのパイプがコンクリート壁の穴に伸びている、いわゆるダルマストーブに変わっていた。そしてそのそばの床は石炭の燃えがらで黒ずんでいた。私は現場をおさえられたようにあわてて瓶をもとの場所へもどした。玄関で笛の音がして、トロッテルライナー教授が入ってきたからだ。

私はかれに遊園地のことを話した。それを聞いて教授は驚いた。そしてナイフを見せてくれと頼み、うなずくと薬瓶に手をのばしそれを一嗅ぎしてから今度は私に瓶を渡した。私は、自分が持っているのはナイフではなく枯枝の切れ端であることに気がついた。そこで教授の顔に視線をもどした――いくらか不機嫌そうで、前の日のような自信は見られなかった。会議飴がいっぱい詰まった書類鞄を机の上において溜息をついて、言った。

「泰平君、今のところなにか特別な背信行為によってマスコンが拡がった原因になっているんではないということを理解してもらわなくてはならない……」

手のとどかないものになってしまうとなると、蜃気楼で代用するしかない」かれは説明してくれたが、どうやらなにかほかのことに気をとられていて落着きがなかった。

「まだ一ヵ月か一年前までは多くのものが現実に存在していた。だが、本物《オリジナル》がまったく手のとどかないものになってしまうとなると、蜃気楼で代用するしかない」かれは説明してくれたが、どうやらなにかほかのことに気をとられていて落着きがなかった。

「拡がる？　それはどういう意味だ？」

「私があのメリーゴーラウンドに乗ったのは三ヵ月前のことだが、今もまだあれが実在しているかどうか保証のかぎりではない。だが実際に、入場券を買って普及員から一人分のメリーゴーランドールと夢遊園地薬《ルナパルキン》をもらうということはありえる。それが結局のところ合理的でもあり、いちばん節約にもなる。いいか、泰平君、人類が現実に所有している実在の領域は、おそるべき速さでどんどん縮小しているんだ。ここで暮らすようになる前、わたしはコスタリカのニュー・ヒルトン・ホテルにいた。だが正直に言ってあそこでは生活することができなかった。それと言うのも、うっかり覚醒剤《シャツキリン》を飲んで気がついてみたら、自分がせいぜい抽出ぐらいの大きさの小さな部屋にいたのだ。鼻は飼葉桶につっこまれ、水道の蛇口が肋骨を圧迫し、踵は、隣の抽出――と言うことは続き部屋の寝台の枕もとに触れていた。つまり、八階にあるひと月九十ドルのコネクティングルームを借りていたということだ。空間が、ただ空間だけがどんどん小さくなっているんだ。だからヒロクナロールやバショヒロゲールといったいわゆる場拡散で実験をやっているのだが、成果はあまりはかばかしくない。つまり、通りや広場に群集がびっしりとひしめきあっていても、薬品のためにほんの数人しか人がいないように見えたら、そこに精神化学剤のおかげで目に見えない群集がいることに気がつかず、連中にぶつかってしまうことになる。それがやっかいなところで、今のところまだ克服できないでいる問題なんだ！」

「教授、申しわけないが、さっきあなたのノートを見せてもらった。そのことは詫びるが、しかしこれはいったいどういう意味なんだ？」私は〈多分裂膠質溶液《マルチスキゾール》〉と〈自殖蝟《い》集《しゅう》〉という単語が認《したた》めてあるページを指して言った。

「ああ、それか……立案者に因《ちな》んでいわゆるヒンテルニゼーション構想と呼ばれている計画があることはきみも知ってのとおりだ。エグベルト・ヒンテルンは、増大している外的空間の不足を精神化学薬品による内的空間――つまり魂の拡大によって補おうとしたのだ。つまり内的空間の容積は物理的にいかなる制約もうけないからだ。おそらく知っていると思うが、ゾオフォルミンを飲むと一時的に亀や蟻、テントウ虫になれる――なったように感じる。また、フロウラボタニールを使えば、ジャスミンの花にでもなれる。もちろん主観的なものにすぎないのだが。自己の意識が二つ、三つ、四つと分裂することも体験できる。人格の分裂数が二桁の数に達すると、群集効果が得られるのだ。

そうなると、それはすでに自我《エゴ》ではなく複我ということになる。単独の肉体に複数の自我が存在しているということだ。そして、精神生活を強化することにより、外界に存在するものより優位にたてるようにするための複我剤もある。ここは、そういう世界であり、そういう時代なんだ、泰平君。Omnis est Pillula——すべては薬なり！ というわけだ。薬局方《ファルマコペーヤ》が、今では〈生命の書《ふみ》〉であり、実用百科事典であり、すべてなんだ。現実に目で見られるような激変はなにも起こりはしない。なぜなら、すでにわれわれはレボルタールやグリセリン座薬の抵抗軟膏やカゲキハセキグリンを飲んでいるからだ。きみのよく知っているホプキンス博士を見てみるがいい。かれはソドマストールとゴモラミンをさかんに売りこんでいる——それを飲むと望むがままに、いくつでも都市を個人的に天の業火で焼き払うことができるそうだ。全能の神になりたければ、七十五セント払えばそれも可能だ」

「人をむず痒くするのが最も新しい芸術だ」私が言った。「ワスコーチンの諧謔曲《スケルツォ》を聞いたが——つまり感じたということだが——美的観点から言うとあまり効果があるとは言えないな。見当違いのところで笑ってしまった」

「そうだとも、あれはわれわれのための芸術じゃない。他の時代から来た解凍者、時代遅れの連中のためのものだ」トロッテルライナー教授は憂鬱そうに同意した。だが、自制するかのように咳払いをし、私の目を見詰めて言った。

「泰平君、目下未来学会議が開かれている――人類の来たるべき姿を討議しているのだ。つまり第七十六回世界大会というわけだ。私は今日、その第一回組織準備委員会に出席した。そこできみにその印象を話したいんだ……」

「妙だぞ」私が言った。「かなり注意深く新聞に目を通したが、どこにもその会議のことに触れた記事はなかったぞ」

「秘密会議だからだ。きっとわかってくれると思うが、他の案件の合間にマスコン問題を討議しなくてはならなかったのだ!」

「どういうことだ? なにかまずいことでも?」

「そうだ、ひどくまずい!」教授が力をこめて言った。「これ以上悪くなりようがないくらいだ!」

「昨日とはまったく調子がちがうじゃないか。あんなに景気のいいことを言っていたのに」

「たしかにそのとおりだ。だがわたしの立場を考えてもらいたい――いちばん新しい状況をたったいま知ったばかりなんだ。今日わたしが聞いたことを話せば、自分で納得がいくはずだ」

かれは暫定報告の棒飴の大きな束を書類鞄からとりだし、色とりどりのリボンで縛ると机ごしにそれを私に渡してよこした。

「きみがそれを知る前に、二、三必要なことを説明しておこう。薬物社会とは、潤滑社会をよりどころにした精神化学社会のことだ——それがわれわれの新しい時代の指針なんだ。もっと簡潔に言えば、幻覚剤による統治形態は、政治的堕落を伴うということだ。だからこそ、とにかく全面軍縮をしなくてはならないんだ」

「だとすれば、いずれにしろどうしてそういうことになったか聞かせてくれ！」私は叫んだ。

「それは実に簡単なことだ。欠陥商品を売りさばけるようにするためにも、品不足のときに商品を手に入れるためにも、買収は役に立つ。サービス行為ももちろん商品になりうる。生産者にとって理想的な状態というのは、代金を受けとっておきながら、その代償としてなにも渡さなくてもよければそれがいちばんいい。思うに、〈換現〉が始まったのは嘘八百派と贈賄万能派のスキャンダルからだ。きみも連中のことは耳にしているはずだ」

「たしかに聞いてはいる。しかし、その換現とはなんだ？」

「文字どおりには、解き放つという意味だ。したがって、現実を消すという転義をもつようになったのだ。コンピューターを使って公金を横領するというスキャンダルが起こったとき、いっさいの罪が電算機に転嫁されてしまった。だが実際には、強力なシンジケートと秘密カルテルがからんでいたのだ。要はこの惑星を住めるようにすることだ——人口過剰に対処するのが焦眉《しょうび》の問題だったのだ！　違うだろうか。大規模な宇宙船団を建造し、土星と天王星の気象と大気を変えなくてはならなかった。ところがそれをもっぱら書類の上だけでやるほうがはるかに楽だったというわけだ」

「しかしそれはたちまち暴露されたはずだが」私は驚いた。

「とんでもない。客観的に見て予測できなかったことや、それまでわからなかった問題、障害が起こり、資金の新たな借り入れや出費が必要となった。たとえば天王星計画にはこれまですでに九千八百億ドルの金が注ぎこまれているというのに、未だに石ひとつ動かせるかどうかすら見通しが立っていないのだ」

「で、監督委員会はどうしたんだ？」

「委員会の構成メンバーは宇宙飛行士じゃないし、訓練をうけていない者が他の惑星へ出かけることはできない。だから全権を委任した代理を送るしかなかったのだ。ところが連中は提出された資料のリストに頼って写真を撮ったり統計データを作ったというわけだ。だから、その気になれば書類や記録を偽造することもできたし、マスコンを使えばもっと楽にごまかすこともできたのだ」

「なんてことだ！」

「まったくだ。これは想像だが、同様の方法でもっと早くから見せかけの軍縮は始まっていたんだろう。政府から注文をうけている私企業は、利潤をあげることにしか関心がない。巨額の金を受けとっていながらなにもしなかったのだ。つまり、たしかに連中はレーザー砲やロケット打ち上げ装置、対・対・対・対弾道ミサイル（六世代多弾頭を備えていたからだ）、いわゆる空飛ぶ要塞と呼ばれる飛行戦車を生産するにはした。だがそんなものは全部夢でみる餅みたいなものだ」

「えっ？　もう一度」

「絵空ごと、幻覚だと言っているんだ。きみだってキノコドロップを持っていたら、本物の核実験なんかやるわけがなかろう？」

「それはどういう意味だ？」

「それをなめれば、原爆が爆発したときに出来るキノコ雲が見られるということだ。とにかくすべてがその調子だったのだ。言うなれば連鎖反応みたいなものだ。どうやって兵隊を訓練すると思う？　兵隊たちは動員されると軍事教練剤が配られる。指揮官や将校を教育する必要もない——戦略散、将軍膏、戦術丸、勲章剤があるからだ。〝将軍になるなら粉薬にまさるクラウゼヴィッツ（十八～十九世紀のプロイセンの将軍。軍事思想家）なし〟。この諺を聞いたことがあるだろう？」

「ない」

「そういう薬のリストは機密扱いになっているし、少なくとも市販されていないから無理もない。降下部隊をどこかへ送りこむ必要もまったくない——紛争地帯へ然るべきマスコンを散布するだけでことたりる。そうすれば、そこの住民たちは落下傘で降りてくる戦闘部隊や海兵隊、戦車を見ることになるのだ——現在本物の戦車一台のコストはほぼ百万ドルはするが、幻覚剤であれば、一幻想あたり——つまり戦車部隊を一度目撃するのに百分の一セントですむ。戦艦のコストは四分の一セントだ。今では合衆国の兵器庫がまるごとそっくりトラック一台に積みこめる。タンクニンもウチジニンもバクダンニンも、錠剤や水薬、ガスだからだ。どうやらあそこには火星人の大侵略まであるようだ——然るべく調合した粉薬としてだが」

「マスコンでどんなことでもできるということか？」

「まずたいていのことはできる！　それにだ、実際の軍隊が不用になってしまった。飛行機がほんの数機残っているだけだ。だがそれだってあやしい。どうしてそんなものが必要なんだ？　これが連鎖反応みたいなものだということはわかるだろう？　止めることができないんだ。ま、それが全面的な軍備撤廃の真相だ。とにかくただの軍備撤廃などではない。キャデラック、ダッジ、シボレーなんかの新型車を見ただろ？」

「もちろんだ、実にすばらしい」

教授は私に薬瓶を渡してよこした。

「ま、窓のところへ行ってそのすばらしい自動車をよく見てみるがいい」

私は窓から体をのりだした。十一階から見おろした通りは谷間のようで、その底をフロントガラスと磨きあげた屋根に太陽の光線を反射させて、輝く川の流れのように車が走っていた。小瓶の栓をとってそれを鼻に近づけると目がチクチクしてまばたかずにはいられなかった。涙をぬぐってから、異常な光景を眺めた。ドライバーの真似をして遊んでいる子供たちのように、なにもない空間に胸の高さまで腕を持ち上げて、ビジネスマンたちが車道を列を作って走っていた。かれらはせっかちに足を交互に踏み替え、まるで深々と座席にもたれるかのように腰から上をうしろへそらしていた。ぎっしりと詰まったその列の中へときたま、孤独な自動車が排ガスを吐きだしながら現われることがあった。薬の効き目が弱まると情景がゆらゆらと揺れはじめ、くずれてしまった。するとふたたび白、黄、エメラルドと色とりどりの自動車の屋根が、きらきら輝く川のようにマンハッタンを滔々と流れているのが上から見えた。

「悪夢だ！」私は嫌悪をこめて言った。「だがそれでもとにかくpax orbi et urbiは——車と都市の平安は——確保されている。と言うことは、それはそれで価値があるのかもしれないな」

「そうだ。なにも悪いことばかりではない。心筋梗塞になる人間が激減したのも、ああして長距離を駆けるのがいい運動になっているからだ。いっぽう、肺気腫、静脈瘤、心臓肥大に苦しむ者がふえている。だれもかれもがマラソンに耐えられるわけではないからな」

「だからあなたは自動車を持っていないんだな！」私は察しのいいところを見せた。

だが教授はただ苦笑いをしただけだった。

「現在、車の値段は中クラスでたかだか四百五十ドル程度だ。だが、薬の生産コストが約八分の一セントだということを考えたら、それはかなりの額だ。なにか現実に存在するものを作っている人間は数えるほどしかいない。たいへんな稀少価値だ。作曲家たちは報酬を受けとり、依頼者にリベートを支払う。ところがフィルハーモニーへ音楽を聴きに来る聴衆はポリシンフォニール・コンサートゾルをこっそりと嗅ぐのだ」

「そんなことは道徳的に言って我慢がならない」私が言った。「だが社会的尺度から見ればたいして害にはならないのだろう……」

「さしあたってはそういうことだ——まだ害は現われていない。もっともそれをどう評価するかは観点によるな。たとえば、メタモルフィンを服用すれば、山羊をミロのヴィーナスだと思いこんで、それとアレすることもできるのだ。学術論文や討議の代わりに会議剤や脱会議錠がある。だが、虚構ではおおいきれない必要最小限の生命を維持するものがなくてはならない。実際にどこかの場所に住み、なにかを食べ、呼吸する必要がある。ところがその一方で、〈顕現〉がつぎつぎと現実の活動領域を侵食している。それだけじゃない。副次的なおそるべき徴候も揃っている。だから、脱幻覚薬やネオスーパーマスコン、幻覚凝結剤が——効用に疑問はあるが——必要となってきているのだ」

「それはいったいどういう薬なんだ？」

「脱幻覚薬というのは、これを飲むと幻覚など見ていないという幻覚を生みだす新薬だ。さしあたって精神病患者だけにしか与えられていないが、自分がおかれている環境の信憑性に疑問をもっている者の数が急激に増えている。健忘剤や忘却剤がそうした重幻現象には効かなくなっているのだ。それは、副次的な、言うなれば二重にかさなった幻覚のことだということはわかるだろう？　そう、たとえば、自分はなにも夢など見ていないと、夢の中で思っていると、夢に見ているようなものだ——あるいはその逆でもいいが、つまりこれが、いわゆる多層、もしくはn層精神病と呼ばれている、現代精神医学の典型的な問題点だ。だがいちばん始末が悪いのは、マスコンの新薬だ。この薬の影響を過度にこうむると体に欠陥が生じる。つまり髪が抜け落ち、耳が角《つの》になり、それにふたたび尻尾が退化して消失する……」

「それを言うんだったら、生えてくるだろう」

「いや、退化だ。三十年前からここの連中はだれもが尻尾をもっているからな。それは習字法剤のせいだ。字を素早く書く方法を習得するための代償が尻尾だったというわけだ」

「そんな馬鹿な！　海岸へ行ったが、尻尾を生やした者はいなかった！」

「子供みたいなことを言うな。当然、尻尾は抗尾剤で隠しているのさ。しかもその薬は爪を黒くし、歯をがたがたにしてしまう」

「それも薬で隠しているのか？」

「もちろんだ、マスコンは一ミリグラム服用すれば効果がある。ところが、積もり積もってだれもが一年間でおよそ百九十キログラムのマスコンを飲んでいるのだ。家具調度品、食料、飲料、子供の世話、丁重な公務員、レンブラントの所有者、ポケットナイフ、海外旅行、宇宙飛行、その他数かぎりないものに自分がなりきらなくてはならないことを考えれば、莫大な消費量になることは容易に理解できるはずだ。もし医師が守らなくてはならない職業上の秘密というやつがなければ、ニューヨークの次の代の住民たちの体に斑点が現われ、背中は長く伸びた剛毛におおわれ、耳に刺《とげ》が生え、扁平足で、絶えず走っているために心臓は肥大し、肺気腫にかかることがわかるはずだ。こうしたことは全部隠しておかなくてはならない。そしてまさにそのためにネオスーパーマスコンが役にたっているというわけだ」

「それじゃまるで悪夢だ！　希望もなにもあったもんじゃない、そうだろ？」

「だから、会議で未来が選択できる薬について討議することになっているのだ。専門家のあいだでは、抜本的な改革が必要だという意見が一般的で、現在われわれの手許に提出されている計画案《プロジェクト》は十八種類にのぼる」

「世界救済計画だな？」

「まあ、そう呼んでもいいだろう。とにかく座って、この資料を舐めてみたらどうだ。ぜひそうしてほしい。これは私の頼みでもあるのだ。微妙な問題だからな」

「あなたが頼むというんならやってみる」

「そう言ってくれると思ったよ。ご覧のとおり、シャツキリン系の覚醒剤から新たに合成した二種類の薬品のサンプルを同僚の化学者から受けとった。今朝がた、この手紙といっしょに郵送されてきたのだ」と言って、トロッテルライナー教授は机の上から一通の手紙をとりあげた。「これに、この薬は——つまり今きみも飲んだ錠剤のことだが——本物の覚醒剤ではない、と書いてある。書いてあるとおりに読むとこうだ——〝連邦精形管理局（つまり〈精神化学形成〉のことだ）は、多くの恐慌現象から〈現実在者〉たちの注意をそらすため、かれらにネオマスコンを含んだ抗夢性の、模造薬を故意かつ悪意をもて与える〟」

「それは納得できない。そもそもあなたがくれた薬をわたしは自分で試したんだ。それにその現実在者とは、なんのことだ？」

「ああそれか、社会的に地位が高い者のことだ。ついでだから言っておくが、わたしもその一人だよ。現実在とは、物事が実際に存在しているあるがままの状態に固定する目的で覚醒剤を自由に使用できる権利と可能性のことだ。だれかが実際の状態を知っていなくてはならないからな。それは当然のことだろ？」

「それはそうだ」

「ところで薬のことだが、同僚の推測では、この薬品はたしかに、かなり前に製造され、古くから使われているマスコンであれば、その影響力を消すことができるが、あらゆる種類をすっかり無効にするわけではないらしい——ことにごく新しいマスコンがむつかしいそうだ。まあ、そういうわけでこいつは——」と言って教授は瓶をとりあげた。

「覚醒剤ではなく、いいかげんに調合されたマスコン、ごまかし用の偽覚醒剤、つまり羊の皮をかぶった狼なのかもしれないのだ!」

「しかし、どうしてそんなことを? もしだれかが知っている必要があるんだとしたら……」

「一般的な意味でその必要があるのは、広く社会的視野で充分考えることができる立場からであって、さまざまな政治家、法人、あるいは連邦の出先機関でもいいが、そういった個々の部分的利益の視点からではない。われわれ現実在者が気がついている以上に事態が悪化しているのであれば、警鐘など打ち鳴らさないで逆に簡単に薬が手に入るようにするほうを選ぶ。それは、空巣が入っても、簡単に隠し場所が見つかるように、いかにももっともらしい古い家具などを利用する、昔からあるトリックだ——つまり、泥棒が最初に見つけた隠し場所に満足し、それ以上、本物のもっと巧妙にカムフラージュされた場所を探しだそうという気を起こさせないやりかたに似ている」

「なるほど。よくわかった。で、わたしにいったいなにを望んでいる?」

「この資料をよく理解したら、まずこの瓶を嗅ぎ、つぎにこっちのを嗅いでもらいたい。実を言うと、わたしはそうする勇気がないんだよ」

「たったそれだけのことか? 簡単なことだ」

私は教授から二本のガラス瓶を受けとって椅子に腰掛けると、郵送されてきた未来学の要約論文をつぎつぎと吸収しはじめた。最初の計画は、あらゆる感覚を百八十度ひっくり返してしまう薬品である逆転剤を一千トン大気に加えることによって状態が正常に復活することを見込んでいた。第一段階として薬品を散布すると、快適さや満腹感、そしてうまい食い物や美的対象、清潔なものも、そうしたいっさいのものがことごとくいとわしくなる。それに反して、雑踏や貧困、醜悪、欠乏がなににもまして熱望されるようになる。第二段階ではあらゆる種類のマスコンとネオマスコンの作用が徹底的にとりのぞかれる。そこでやっと、それまで秘密のベールにつつまれていた現実に直面した社会は、完全な満足を味わうことになる。なぜなら、万人が渇望しているものが目の前にあるからだ。ひょっとすると最初は(生活条件を悪くする)悪化剤を多少効かせるぐらいにしたほうがいいのかもしれない。だが、逆転剤はいっさいの例外なくあらゆる感覚に作用するから、性愛の楽しみもいとわしいものになってしまい、おかげで人類は滅亡の危機におびやかされることになる。だから年に一度、二十四時間のあいだ一時的に抗薬品剤を飲んで、逆転剤の作用を麻痺させる必要がある。だがその日は、発作的な自殺騒ぎが起きまくることはさけられない。だが同時に始まる自然出産率がそれを上まわるために埋め合わせがつくのだ。

私がその計画にすっかり魅了されてしまったとは言わない。だがこの一点だけは極めて明白だった。つまり、現実在者の一人として、立案者は間違いなく常に抗薬品剤の影響下にあり、そのためにいたるところで貧困や醜悪、生活のおぞましさや退屈さを見ても、特に楽しくもなんともなかったと言っているのだ。第二案は、一万トンの逆時薬《レトロテンポリン》を川と海の水に溶かすことを考えていた。その薬は主観的な時間の流れを逆行させるのだ。したがって生活はつぎのようになる――人間はよぼよぼの老人の姿でこの世に生まれ、赤ん坊となってこの世を去る。このプロジェクトは、そういう方法で人間的条件の主要な障害、つまり老化と死というだれにとっても避けられない先ゆきの展望をとりのぞけるはずだと強調していた。すべての老人は時の経過とともにどんどん若くなり、体力と気力をましていく。未成年に達して本職としての仕事をやめたあとは、祝福された子供の国に入る。この案の眼目は、その人間味あふれるところにある。そしてその根拠は、生命のあるものは例外なく死ぬ運命にあるということをまったく知らない点だ。そうした無知は、幼児期に特有のものだ。現実には――要するに時間が逆行しているのはまったく主観的なことだから――老人たちを幼稚園や保育所、分娩室に連れていかなくてはならない。だがこの案には、そのあとかれらをどうするべきかという点にはっきり触れていない。ただ、いわゆる国営極楽往生院でしかるべき治療が行なわれるだろうと、一般的なことを述べているにすぎない。この計画を知ると、前の第一案もけして悪くはないように思えてきた。

第三案はかなり遠大ではるかに徹底しており、体外発生と義肢補綴《ほてい》法、普遍的遠隔受想をめざしていた。人間には、脳脊髄硬膜体で優雅に包まれた脳しか残らない。つまりクラッチやソケット、プラグなどがくっついた一種の球体である。核エネルギーによる新陳代謝が必要であり、それとの関連で、栄養物の摂取が――もっとも肉体的には不要だが――もっぱら、しかるべくプログラミングされた夢の中だけで行なわれる。その脳球はどんな四肢、装置、機械、媒介物とでも結合できるらしい。その器官分離化の過程は、二十年間かかって拡がることになる。最初の十年で、器官の取り外しが強引に行なわれ、余計な器官は家へ置いて外出するようになるのだ。たとえば、交接器や排便管は戸棚の中に吊してから、芝居見物にでかけるのだ。次の十年間で、遠隔受想法が、それまでいたところで見かけた雑踏――人口過剰の結果――をきれいさっぱりと一掃してくれるはずだった。つまり、有線、無線を問わず、脳間通信回路ができ、ありとあらゆる交通、巡回会議、出張、必ず旅に結びつく会合が不要になる。したがってだれもが個人的にどこへでもでかけられるようになる。と言うことはつまり、人類が支配している全域で、どんなに遠い惑星であろうと、だれもが同じように送信器を自由に使用できるようになるからだ。また、大量生産方式で腸器や偽装器、肉茎器、あるいは、普通の鉄道路線を市場に供給することになっていた。この鉄道というのは、脳が気晴らしに自分で転がっていける、自家用路線のレールのようなもののことだ。ここまで読んで、私は論文の執筆者たちは気が狂っているにちがいないと思った。すると、トロッテルライナー教授は、結論を急ぎすぎると投げやりに答えた。やりかけたことだから、最後までやるしかなかった。まともな理性の規準ではとてもではないが絶対に人類の歴史に合うものではない。イブン・ルシュド（一一二六―九八。西方イスラム世界の哲学者・科学者・医者。ラテン名をアヴェロエスという）やカント、ソクラテス、ニュートン、ヴォルテールは、二十世紀になったら車輪がついたブリキの箱が都市の悩みの種、肺の毒殺者、大量殺人者、崇拝の対象となり、人間が、家でなにごともなく平穏にすごすより、寄ってたかって週末《ウィークエンド》の旅行にでかけ、その途中で車の中で命を落とすほうをよろこんで選ぶようになるなどと信じられるだろうか？　私は、教授にこれらの案のうちどれを支持するつもりなのか尋ねた。

「まだきめていない。だがいちばん深刻なのは、秘産問題——つまり非合法の出産の問題だと思う。それだけではない、会議の進行中に精神化学陰謀がたくらまれそうで、それが心配だ」

「と言うと？」

「タブラカシンを使ってある計画が採択されるかもしれないんだ」

「薬品を吹きかけられると思っているのか？」

「そういうことが起こらないとは断言できんだろ？　換気装置から議場へガスを撒くことぐらい簡単なことじゃないか？」

「しかし、決議されたことがなにもかも社会にうけいれられるとはかぎらないだろ。人は押しつけられたものをなんでも受け入れるほど甘くはないんだ」

「いいか、君。文化はここ半世紀というものもはや華々しく発展していないのだ。二十世紀にはディオールとかいう男が人にファッションを押しつけていた。ところが今は、そうした統制が生活の全領域に拡がっている。器官分離法が多数決で採択されるようなことにでもなったら、数年を待たずに人は自分がやわらかくて毛深い、汗をよくかく体を持っていることが恥であり、みだらなことだと思うようになる。人体は洗ったり臭いを消したり手入れをしなくてはならない。ところがそれでもこわれてしまう。ところが器官脱着時代がくれば、技術が生みだした最高の奇蹟ともいうべき芸術品をとりつけることができるようになるのだ。目の代わりに沃素《ようそ》、双眼鏡のように突きでた胸、天使のような翼、光を放つふくらはぎ、足を踏みだすたびに旋律を奏でる踵をほしがらない女の子がいるだろうか？」

「わたしの言うことを聞いてくれ。ここから逃げだそう。酸素と食料を手に入れて、ロッキー山脈にでも隠れよう。ヒルトン・ホテルの下水道のことは覚えているだろ？　あそこだって悪くはない、そうだろ？」

「本気でそんなことを言っているのか？」ためらっているような口ぶりで教授が言った。思慮がなかったと言われればそれまでだが、ついうっかり瓶を鼻のところへ持っていってしまった。ずっと手に持っていたのに、それを忘れていたのだ。あまりにも臭いが強くて涙が噴きだし、たてつづけにくしゃみを連発した。ふたたび目を開くと、部屋の様子が一変していた。教授はまだ喋っていたし、その声は聞こえていたが、変化に心をうばわれていたから、かれが言っていることはひとことも理解できなかった。壁はすっかり汚れていた。それまで紺碧だった空は焦茶色になっていた。いくつかの窓ガラスは割れ、残りは脂じみた煤でおおわれ、雨が流れた跡が灰色の筋になって残っていた。

理由はわからないが、教授が会議の資料を入れてきた、格好のいいブリーフケースが黴だらけの袋に変わっているのを見て、背筋が寒くなった。体が麻痺し、それを見ているのがこわくなった。机の下をちらっと盗み見た。外出用のズボンと教授の短靴の代わりにそこにはさりげなく足を組んだ義足が見えた。針金製の腱のあいだに砂利と通りのごみがはさまっている足の裏も目に入った。踵の鋼鉄製のボルトが、さんざん使ってツルツルになるまで擦りへり、光っていた。私は思わずうめき声をあげた。

「どうした、頭痛がするのか？　頓服薬ならあるぞ」思いやりのある声が聞こえた。歯を食いしばって私は目をあけた。

かれには顔らしいところがほとんど残っていなかった。落ちくぼんだ頬に、もう長いこと取り替えていない腐りかかった包帯の切れ端がへばりついている。もちろんまだ眼鏡はかけていた。だが片方のレンズにはヒビが入っている。気管切開手術のときできた首のところの穴に、かなりいいかげんに差しこんだ発声器が突きだし、声をだすのにあわせてピクピクと動いていた。上着は、黴の生えたぼろきれになって胸板にぶらさがっていた。そのぼろきれの左側が裂けて穴ができ、曇ったプラスチックの窓ガラスで塞いであった――クリップで留め、縫い目がある青みがかった灰色の心臓が痙攣を起こしたように鼓動を打っていた。左手は見えなかったが、鉛筆を握っている右手は真鍮で補綴された義手で、緑青《ろくしょう》でみどり色をしている。襟には薄い木綿の布が縫いつけてあり、それに黒い墨で〈調管　一一九八五九／二一　移植――廃棄度5〉と書いてある。私は目を見張った――今度は教授が鏡に映したように私の恐怖に感染し、机のむこうで不意に体をこわばらせたからだ。

「おい、どうしたんだ？……わたしが変身したのか？　そうだろ？　どうなんだ？」かすれた声でかれが言った。

席をたった記憶はなかったが、気がついてみるとドアのところでノブと格闘していた。

「おい！　きみ、どうしたんだ？　なにをしている！　もどってくるんだ、泰平君！」

教授は絶望的な叫び声をあげ、懸命に立ちあがろうとしていた。不意にドアが開いたと同時にものすごい轟音がとどろきわたった。それは、トロッテルライナー教授があまりにも急激に動いたためバランスを失って倒れ、針金でつないだ骨が床にぶつかってたてた音だった。絶望的に足をバタバタさせ、ちぎれた釘だらけの踵が寄せ木細工の床をめちゃくちゃに蹴って木端を飛び散らかし、ひっかき傷だらけのプラスチックガラスの中で灰色の袋に入った心臓が激しく鼓動を打っている光景が目にとびこんできた。私は復讐の女神《エウメニデス》たちに追われているように廊下を逃げた。

建物の中は人でごったがえしていた。昼食時間にぶつかったのだ。事務所からでてきた事務員や秘書たちがおしゃべりをしながらエレベーターのほうへ歩いていた。私は開いているエレベーターの扉のところで人ごみの中に割りこんだ。だがまだエレベーターは来ていなかった。だから穴《シャフト》の中をのぞきこんでみて、なぜ息切れがごくあたりまえの現象なのか、そのわけが理解できた。ずいぶん前に切れてしまったワイヤーの端がたるんでぶらさがっており、穴の内側に張りめぐらしてある垂直にたれさがった網をだれもが猿のように巧みによじのぼっていた。あきらかにそれは長期にわたって身につけた習練のたまものであることを証明していた。かれらは喫茶店の屋根の上をうろつきながら、額に流れている玉のような汗などまるで意に介さずにさかんに喋っていた。私はゆっくりとうしろへさがると、忍耐強い連中がロッククライミングの真似ごとをやっているエレベーターの坑道のまわりを螺旋状にとりまいている階段を一目散に駆けおりた。数階駆けおりてからやっと足をゆるめた。どの部屋のドアからもまだ次々と人がでてきた。そこにはほとんど事務所しかなかった。コンクリートの壁が切れているところに、通りに突きだした窓が開いていて明かりが射しこんでいた。そのそばで立ちどまると、服装を直すふりをして下をのぞきこんだ。最初は歩道の雑踏の中に人など一人もいないように思えた。だが、それは通行人を識別できなかったからにすぎない。一般的な意味での華麗さがあとかたもなく消えうせてしまっていた。通行人は一人ずつバラバラか、二人連れで歩いていた。例外なく穴のあいたぼろ服を着て、たいがいの連中が紙の包帯をし、下着しか身につけていなかった。だから、本当にかれらの体がしみだらけで剛毛が生えていて、ことに背中にそれが著しいことが確認できた。中にはなにか緊急の用をかたづけるためにたった今病院から出てきたばかりだと見うけられるものも何人かいた。足のない連中が大きな声で喋ったり笑ったりしながら、小さな車がついた板に乗ってそれを手でこいでいたのだ。ほかにもまだ目についたものがある――しわだらけの象のような耳をした女、角を生やした男、優雅な身のこなしで泰然自若と人が身につけている古新聞、藁の束、麻袋などだ。もっと元気で健康な連中は車道を全速で走り、ときどき足をバタつかせ、クラッチを踏んでスピードを変えるような真似をしていた。ロボットたちは人ごみの中にいても、拡散器や放射量計測器、噴霧器をもっていたからよく目についたし、数も多かった。かれらの仕事は、人間たちが適量以上のエアゾールを摂取することがないよう気を配ることだった。人間たちはほうっておくと際限がなかったからだ。若いカップルが腕を組んで――女のほうは背中に鱗《うろこ》が生えており、男のほうは吹出物ができていた――歩いていくうしろから、算術機械がのろのろとついて行き、恋人たちの頭を拡散如雨露《じょうろ》で拍子よく叩いていた。歯がちがち鳴っているというのに二人はまるでそれに気づいていなかった。どういうつもりでそんなことをするのだろう？　だがじっくり考えていることはできなかった。窓枠をしっかりとつかんで、人がごったがえし、走りまわり、活気にあふれた通りの光景を眺めた。自分がただ一人の目撃者、一対の目そのものになったように――本当にそうなのか？　その残酷な光景は、別の観察者、それを作った者に見てもらうことを要求しているように思えた。作った当事者であればこの風俗画になんの感情も動かさず、幸福な腐敗した保護者《パトロン》としてこれに意味が与えられるかもしれないからだ。たとえ震えあがるような恐ろしい意味づけであろうと、とにかくなにか意味をあたえるはずだ。ちっぽけなミニハンランピューターが上品な老婆の足許で騒々しくはねまわり、彼女の膝を繰り返し繰り返し切り取っていた。するとそのたびに彼女は体ごとひっくり返るが、また立ちあがって歩きつづける。だがまた倒される。それを繰り返しながらかれらは姿を消した。ミニハンランピューターはいかにも機械らしくしぶとかったが、老婆のほうも達者なもので、自信満々としていた。たいがいのロボットは人間のすぐそばに近寄って、スプレー療法の効果があったかどうか口の中をのぞきこんでたしかめていたが、だれもそれに気づく者はいなかった。町角にはボーソーボットやヒコーボットがむらがっており、交替時間がくるとあちこちの脇の出入口からサラリーボットやオーエルピューター、バカボット、ミニコンボットがあふれだす。巨大なゴミショリボーグが車道を滑るように走ってくると、パワーショベルの先端に触れるものはなんでも手当たり次第に掬《すく》いあげ、ロボットのスクラップもろとも老婆も塵芥処理機の中へほうりこんでしまった。私は自分の指を嚙んだ。まだ手つかずのもう一本の薬瓶を持っていることをすっかり失念していた。たちまち喉が火で焼かれたようにヒリヒリと痛んだ。あたりが揺れはじめ、明るいもやに包まれた――それは見えない手で目から曇りをゆっくりととりのぞかれていくような感じだった。体をこわばらせ、進行しつつある変化を眺めながら、ぞっとするような恐ろしい予感におびえた。いまに現実の殻がひとりでに剝がれて別の層が現われてくると思った。そうした欺瞞はおそらく思いだせないほど古くから行なわれていたにちがいない。そして、さらに覆いをひっぱがし、もっと深いところまで達することができるのはいちばん強力な薬しかないとも思った。だがそれでも真実には達しないだろう。さらに明るくなった――あたりは真っ白だ。歩道に雪が積もって固く凍りつき、おびただしい足で踏み固められていた。町の様子は、荒涼とした冬景色で、けばけばしい商品も消え失せ、どの窓もガラスの代わりに、すっかり朽ちはてた板が十字に打ちつけてあった。雨漏りがする汚れた建物のあいだに冬が君臨し、軒や街灯からカーテンのように滑らかな氷柱がさがり、張りつめた空気には、鼻を刺す強い悪臭と、頭上の空と同じような色をした青いもやがただよっていた。壁ぎわのよごれた雪の小山から、ごみくずがからみ合って顔を出し、そこかしこに大きな包のように、棒きれが黒ずんだ山になって積みあげられ、切れ目なく続く歩行者の波がそれをわきへ押しやり、錆びついた容器や缶、凍りついたおがくずのあいだへ蹴りこんでいた。雪は降っていなかった。だが前には降っていたし、ふたたび降ってくることはわかっていた。突然、町から消えうせてしまったものがあることに気づいた。ロボットだ。一体もいなかった――ただの一体もだ！　雪をかぶった体が共同住宅のあったり、汚れて転がっていた。息絶えた鉄の残骸が——ボロをまとった人間や、雪をかぶった黄ばんだ骨がのぞいているぼろきれにまじって転がっていた。ボロを着た男が一人、雪の山の上に寝そべっていた。それはまるで羽根蒲団にでもくるまっているような格好をして寝ていて、すっかり満足しきった表情をうかべていた。自分の家でベッドに横たわり、のうのうと体をのばしているかのように素足で雪をほじくり返していた。たしかに厳寒であることはまちがいなかった。だが実に奇妙なあたたかい陽気が、ときどき遠くから町の中心部まで押し寄せてきて、正午になると太陽が照りつけた——かれはすでにぐっすりと眠っていた——万事がそんな具合だった。多くの人間がかれを無視して通りすぎていった。みなが自分のことで忙しかったからだ——他の者に薬を吹きかけているものもいたし、人の仕種や態度を見れば、だれが自分のことを人間だと思い、だれがロボットだと思っているのか、すぐにわかった。ロボットも見せかけにすぎないということか？　それに夏の真盛りに冬とはどういうことだ——暦は全部、蜃気楼なのか？

しかし、なぜだ？　雪の中で眠るのは、出産率をさげるためだろうか？　しかし、これはいずれにせよだれかが慎重にたくらんだことにちがいない。それをつきとめない前にあきらめるべきか？　窓ガラスが叩き割れた摩天楼のしみだらけの外壁に目を移した。背後はしんと静まり返っている。昼休みの時間が終わったのだ。通りは——これが私に残されたすべてであり、目に映るものには何の価値もなかった。群集に飲みこまれてしまうべきだったのかもしれない。私にはだれかが必要だった。だが、できることはただ一人でしばらくのあいだ鼠のように隠れていることだけだった。私はすでに幻覚からはみだしていた。荒涼たる砂漠の中にいたからだ。恐怖と絶望に襲われて窓ぎわから身をひいたが、いかんせん骨の髄まで冷えきっているのを感じた。それはすでにあたたかい太陽の幻想で保護されていなかったからだ。こっそりとできるだけ足音をたてないようにして歩いていたが、自分でもどこへ向かっているのかわからなかった。そうだ、自分の存在を隠すのだ。背をまるめて首をすくめ、素早く左右に目を走らせ、立ちどまり、聴き耳をたてた――どう決断をくだすにしろ、まだ腹がきまっていない前に、本能が私に知らせた。だが、私がなにを見ているかは顔にでているし、そのむくいをうけないで逃げることができないことは、骨の髄まで感じていた。六階かあるいは五階の廊下を歩いていたが、トロッテルライナー教授のところへ戻ることはできなかった。かれは助けを必要としていたが、これでは手を貸せそうにもなかった。せっかちにいくつものことを一度に考えた。だがまずいちばん気になったことは、薬の効き目が切れても、あのすばらしい理想郷《アルカディア》へ戻れるだろうかということだった。ところが驚いたことに――その見通しにたいして――ただ嫌悪と恐怖しか感じなかった。ただそれだけだった。まるで、幻によるやすらぎにおぶさるよりも、ごみくずの山に埋もれて凍えるということがどういうことかわかっていながら、むしろそのほうがマシだと思っているようだ。脇の通路へ入ることができなかった。だれか老人の体で道が塞がれていたのだ。かれは歩く力がなく、震える足を動かして歩く真似をしながら、断末魔のあえぎといっしょに、かろうじて聞きとれるしゃがれ声をだして私に笑いかけた。だから、私は別の脇道へ入った――そしてやっと事務所らしいところの曇りガラスがはまったドアのところまできた。中は完全な静寂が支配していた。中へ入ると、スウィングドアが揺れた。そこはタイプライター室だった――だがだれもいなかった。奥に、もうひとつ半開きになったドアがあった。のぞきこむとそこは明るい大きな部屋だった。ところが、中にだれかいる気配がしたので逃げだしたくなったが、そのとき聞き覚えのある声がした。

「入りたまえ、泰平君」

私は部屋へ入った。まるで待ちかまえていたみたいにそうやって声をかけられてもことさら驚きはしなかった。机のむこうにジョージ・シミングトン氏が座っていたことも冷静にうけいれた。かれは、フランネルのグレーのスーツを着て首に毛のマフラーをまき、口に細い葉巻きをくわえ、鼻の上には眼鏡が載っていた。そして私を見つめているその顔には寛大とも悲哀ともとれない表情をうかべていた。

「座りたまえ」かれが言った。「少々時間をとらせるからな」

私は座った。窓ガラスが一枚も割れていない部屋は、いたるところが荒廃している中では、さながらオアシスだった。清潔であたたかかった。どこにも氷が張ったり、雪が吹きだまりになった跡は見あたらなかった。トレイ、湯気をたてているブラックコーヒー、灰皿、インターホン。かれの頭の上の壁には、カラープリントのヌード写真が数枚貼りつけてあった。写真に写っている裸体《ヌード》にはできものがないなとも思った。だがどちらかといえばそういう馬鹿げたことを連想した自分にも驚いた。

「まずいことになった！」かれがいまいましげに言った。「だが、君は文句を言える筋合ではない！　最高の看護師、完璧な状態にある唯一の現実在者、だれもかれもが懸命になってきみに力を貸した。ところがどういうことだ？　きみは自分で真実をほじくり返そうとしたんだ！」

「わたしが？」そのことばに呆然として言った。だが、私が考えをまとめ、かれの言ったことを消化する前に、かれは攻撃をしかけてきた。

「でまかせを言うことだけはやめてもらう。今さらそんなことをしても遅い。見たところどうやらきみは聞きしにまさる狡賢い男らしい。〈下水道〉、〈ホテルの鼠〉、〈乗鼠〉、〈鼠に鞍をつける〉といった〈幻覚〉に不満があり疑問を持っていると言いふらしているそうだな！　そういう幼稚な手が使いたいらしいが、作り話が効くと思っているのか？　そういう馬鹿げたことがやれるのは解凍屋ぐらいだ！」

私はぽかんと口をあけてかれが言うことを聞いていた。だがたちまち、どんなに否定してみたところで無駄だということに気がついた。かれは私をまるで信用していないのだ。私の正真正銘の妄想を、意識的な策略ととらえているのだ！　だから、『プロクルスティクス社』の秘密を私に打ち明けたときのあの会話も、私から話を聞きだすためだったにすぎないのだ。あのときかれが言ったことは、私を混乱させる目的だったのだ。かれにしてみれば、それが反化学的陰謀を暴露するための合図《サイン》みたいなものだったのではないか？　幻覚にたいする私の個人的な恐怖をかれは戦術的な行動だととったのだ……たしかに、カードを開いてしまった今となっては、いくら釈明してみたところでもう手遅れだということは事実だった。

「わたしになにか期待していたのか？」私は尋ねた。

「もちろんだ。先取の気性に富んだ君の積極性にまかせておくと同時に、こちらが完全にコントロールしていたのだ。君は言うなれば紐つきだったわけだ。無責任な反抗で現状の秩序をおびやかすような真似はさせられない」

通路で老人が死にかかっていたが――ちらっと頭を過《よ》ぎった――あれも障害の一部で、

私をここへ導くためだったのだ……「なかなか結構な秩序だ」私が言った。「君がそのボスということらしいな？　たいしたものだ」

「あてこすりを言うのなら時と場合を考えろ！」かれはすごみのある声で言い返した。

私は首尾よく相手の痛いところを突いたのだ。やつは腹をたてている。

「君はずっと魔性の源を探し求めていたようだが、いいかよく聞くんだ、解凍された前世紀の冷凍人……そんなものはありゃしないんだ。君の好奇心を満足させてやろう。いいか、そんなものは存在しないのだ、わかったか？　われわれがこの文明に麻酔をかけたのだ。さもないともちこたえられないんだ。だから、覚醒させるわけにはいかない。君にそこへ戻ってもらわなきゃならないのもそういうわけだ。なにもこわがることはない——痛みがないどころか楽しいくらいだ。それにひきかえこちらははるかに辛い立場だ。万人の幸せのために正気でいなくちゃならないんだ」

「たいした犠牲的精神だ」私が言った。「よくわかるとも、全体のために犠牲になっていると言いたいんだろ」

「もし君が精神の絶対的自由というものを高く評価しているのであれば」かれはそっけなく言った。「忠告しておくが、そういう人を馬鹿にした態度やあてこすりを言うのはやめるんだ。そういうことをしていると、たちまち自由を失うだけだ」

「と言うと、まだなにか言いたいことがあるようだな？　聞かせてもらおう」

「今のところ君を除いては、ものが見える完全な状態の人間は私だけだ！　私は顔になにをつけている？」いきなり聞いた。罠にかけようとしているようだった。

「サングラスだ」

「つまりわたしと同じことを考えているわけだ」かれが言った。「トロッテルライナーに薬を与えた化学者は、すでに社会の懐へ戻ってしまっている。だからいっさい疑問はもっていない。連中は疑うことができないのだ。そのことはわかるだろう？」

「ちょっと待ってくれ」私が言った。「たしかに君にとってそれは重大なことかもしれないが、だからといってこっちがそう確信しているということにはならない。訳のわからない話だが――しかし、なぜだ？」

「現実在者は絶対に悪魔なんかではないからだ」かれが答えた。「われわれは状況に支配されており、隅へ追いやられ、社会的運命が強引にわれわれの手に持たせたトランプでゲームをやっているのだ。われわれはその残された唯一の手段で平穏と好天、安堵をもたらすのだ。われわれがいなかったら、どこにでもある死の苦しみに落ちこんでしまいかねないものを、不安定なバランスを保って支えてやっているのだ。われわれがこの世の最後のアトラスというわけだ。だが問題は、どうせ破滅しなくてはならないのなら、少なくともつらい思いをしないようにしてやることだ。真実を変えられないのであれば、それを隠蔽するほかにはない。それが最後に残されたせめてもの人道的な行為であり、人としての義務だ」

「絶対にそれに換わる方法はないというのか？」私は尋ねた。

「今年は二〇九八年だ。合法的に登録されている人口だけでも六百九十億、ほかに登録されていない非合法な住民が二百六十億はいる。年間の平均温度は四度に落ちこんでいる。ここ十五年か二十年で氷河期がやってくるだろう。その進行を阻止することは不可能だし、遅らせることもできない——できるのは隠すことだけだ」

「前からここはきっと氷地獄にちがいないと気づいていたが、だから君らはその門にきれいな絵を描いているのだな？」

「まさにその通りだ。われわれは最後のサマリヤ人というわけだ。この場所でだれかが君にこの話をしなくてはならなかったのだ——たまたまそれがわたしだったにすぎない」

「そうか、思いだしたぞ。ecce homo《エッケホモ》（「見よ、この人なり」新約聖書ヨハネ福音書一九：五。いばらの冠をいただいたキリスト）ってわけだ！」

私が言った。「しかし……待て……問題がわかりかけてきた。要は、終末麻酔医としての自分の任務をわたしに納得させたがっているんだな。パンがなくなれば、飢えている連中に麻酔をかけろというわけだ。だがわからないことがある。正気に返ったとたん、なぜまたすぐにそのことをすっかり忘れてしまわなければならない？　君の使っている手段が正しいんだったら、どうしてそんなに懸命になって論証しようとするんだ？　もし正しいのなら、確証剤を数滴、いや一滴目にたらすだけで、私はなにを言われても熱狂的にそれを認めて、君を崇拝も尊敬もするはずだ。おそらくそういう治療のしかたに価値があると確信がもてないから、古めかしいお喋りや無駄話にたよって、散布器《スプレー》に手をださずに会話で満足しているんだろう！　精神化学の勝利が実はありふれたペテンで、自分が戦場でただ一人、ひどい吐き気に襲われた勝者のようにとり残されることになるのが、どうやらよくわかっているらしい。君はまず最初にわたしを納得させ、そのあとで記憶喪失に陥らせたがっているようだが、そうはいかない。その高尚な使命を抱いて、君の救世主のような仕事を楽しいものにしてくれる写真の娼婦のような女たちと並んで首を吊ったらどうだ。だがあんたにはかたいひげが生えていないから、絶対間違いのない古くからある方法を使う必要がある、そうだろ？」

かれは激怒のあまり顔がひきつった。たいへんな剣幕で立ちあがって怒鳴った。

「なにも薬は極楽をみせてくれるものだけとはかぎっていないんだ！　化学地獄だってあるんだ！」

私も立ちあがった。かれが机の上のボタンに手を伸ばしたので、「貴様も道づれにしてやる！」と叫んで、かれの喉をめがけてとびかかった。私たちは——思惑どおり——はずみで開いている窓のほうへ近づいた。そのとき足音がして、固い手が私をかれから引き離そうとした。かれは身をもがいて足をバタつかせたものの、すでに窓ぎわだった。相手は私に押されて窓の外へ体を弓なりにそらしていた。私は渾身の力をふりしぼってのしかかった。耳もとで鋭く空気を切る音がして、私たちは体がもつれ合ったまま宙返りをうつと、道路が擂鉢《すりばち》状に激しく回転して迫ってきた——激突して潰れるものだと覚悟した。ところがなんと衝撃は弱く、黒い波が押し寄せ、悪臭を放つ、この上なく幸せな水が厚い層となって私の頭を覆った——そしてふたたび水が無くなった。下水道の流れの真ん中に浮かびあがったのだ。目をこすり、激しく汚水を飲みこんでむせかえった。だが、幸せだった。なんて幸せなんだ！　私が狂ったようにわめきたてるので、まどろんでいたトロッテルライナー教授が目を覚まし、コンクリートの通路から水の上へ体をのりだし——兄弟の手のように——きっちりと固く巻いた蝙蝠傘を差しだしてくれた。誘愛弾による爆撃の音はやんでいた。ヒルトン・ホテルの支配人たちは、空気でふくらました椅子（だから風船家具というのだ）の上で枕を並べて眠っていたが、秘書たちはその連中にたいしてひどく挑発的な仕種をしていた。ジム・スタンターはいびきをかきながら寝返りをうち、ポケットの中でチョコレートを齧《かじ》っていた鼠を押し潰してしまった。あの几帳面なスイス人のドリンゲンバウム教授は、壁ぎわにうずくまって、懐中電灯の黄色っぽい明かりで照らしながら自分の報告論文に万年筆で手を入れていた。そうやってかれが熱心に仕事をやっているというのは、未来学会議第二日目の討議が始まる前だということに気がつき、大声で笑いだしてしまった。だがあまり声が大きかったので、タイプで打った原稿がかれの手から離れ、バシャッと音をたてて黒い水の中へ滑り落ち、流れ去ってしまった――わからない未来に向かって。

（一九七〇年十一月）

# 訳者あとがき

本書は題名が示すとおり（ただし、原題には「泰平ヨン」の表示はなく『未来学会議 Kongres Futurologiczny』）、〈泰平ヨン〉シリーズのなかの一作で、年代的には『航星日記』と『回想記』に続き、一九七一年に発表された作品である。レムは、このあとほぼ十年の間をおいて、一昨年、新作『泰平ヨンの現場検証』を書いているが、邦訳ではこちらのほうが先に紹介されてしまった（早川書房、一九八二年）。

孤独な宇宙航海士、泰平ヨンの冒険譚は、五〇年代の中頃から雑誌に書き始められた。当初、レムの作品としては比較的軽い、いうなればアイデアを活かしたユーモラスな作品が多く、〈宇宙ほら男爵の冒険譚〉とか〈宇宙ドン・キホーテ〉と評されていた。だが、『航星日記』の「第七回の旅」に見られるような、時空間でおのれ自身に遭遇するというアイデアは、べつだんレムが最初に思いついた着想ではなく、すでにハインラインなどが作品にしていた。しかし、その後のかれの作風を偲ばせる傾向は、この頃から現われていた。この作品でも異様な雰囲気を漂わせており、かれ特有のグロテスクな効果をあげているし、人間の本性に悪夢のような解釈をくだすことに成功している。また、それと同時に「第十一回の旅」のように、文明風刺の傾向が強い作品もすでに書かれていた。泰平ヨンが、悪辣なコンピューターによって管理されているロボット国家がまったくのイカサマであり、ロボットは変装した人間であるにすぎず、その国家は政治的に堕落した結果生まれたことを発見する。この作品から作者は、ロボットの目から見た人間を描くことを思いつき、その後、作者自身が〈高度な娯楽〉と呼んでいる「イーリアス」の現代版、おとなのための寓話に発展させたことは、その連作を収めた『ロボット物語』の訳書のあとがきで触れたとおりであるが、〈泰平ヨン〉シリーズでは、その後「第二十一回の旅」、『回想記』第八話」、『未来学会議』、そして最新作の『現場検証』などのように、文明批評的傾向がしだいに強くなっている。

レムは、作品のテーマが多岐にわたっているばかりでなく、時代とともにその思想もかなり急激に変わっていくが、それを色濃く反映しているのは、おそらくこのシリーズだろう。それは、〈宇宙飛行士ピルクス〉シリーズ、宙道士トルルとクラパウチュスが登場する〈ツィベリアダ〉や〈ロボット〉シリーズ、〈タラントガ教授〉シリーズなどのなかで、いまのところいちばん息の長いシリーズであるからだ。おそらく泰平ヨンはレムにいちばん近い分身であるのかもしれない。

本書では、過激派のテロ事件や化学戦争に始まり、化学薬品で人間の精神を支配する一種の全体主義社会が、グロテスクに描きだされている。泰平ヨンは、幻覚剤の作用で時間の旅をして未来を訪れ、現実から隔離された社会を垣間見る。

破滅的に増大する地球の人口問題と、それに関連する食糧危機などの問題をいかにして解決するかを討議するために、コスタリカで国際未来学会議が開催される。ところが、会議の最中にテロ事件が起こり、それを鎮圧するために軍が投下した覚醒剤爆弾の薬物を吸ったヨンは、二〇三九年の世界へ紛れ込む。薬の作用から覚めると、そこは地上の楽園であった。人類はもはや食糧危機や人口過剰、住宅難の問題で悩む必要はなくなっていた。それどころか、化学万能政体が統治するユートピアが実現している。その社会では、さまざまな作用をする大量の幻覚剤を服用して、人は望むものがなんでも手に入り、すべての欲望が満たされている。一見それは、万事が解決したかのように見える。だが、ヨンがさらに薬を服用して、そこに見たものは……。

レムは覚醒剤の常用者ではなかろうかと思えてくるほど、ここに描きだされている世界は現実離れをしている。かれが得意とすることばの遊びが、この作品では極限まで洗練されて、おびただしい種類の幻覚剤を生みだし、薬によって歪められた知覚の世界をみごとなまでに描写している。想像力の豊かな読者ならば、本書を読むだけで途方もない幻覚体験が味わえるだろう。麻薬中毒患者ではないにしろ、この作者が覚醒剤について造詣が深いことを窺わせるに充分な知識である（だが、それはとりもなおさず、翻訳者泣かせでもあるのだが）。

レムの近況について触れておくと、最近は国外へ出ることが多くなったようだ。昨年はベルリンで少なくとも三本の作品を書きあげた。架空の本にたいする書評を収録した『完全な真空』の新作、「ワン・ヒューマン・ミニット」と「二十一世紀の事件簿」、「二十一世紀の兵器システム――もしくは、逆進化」の三作である。いずれも短篇であるが、現代の国際情勢を強く意識した作品のようだ。また、西側の新聞の求めに応じて、〈ニューヨーク・タイムズ〉に『著書――偶然と秩序』を、「朝日新聞」に『核時代と文学』（一九八四年三月九日付夕刊）を執筆もしている。

一九八四年四月二十五日　深見　弾

# 文庫版へのあとがき

本書は日本語版『泰平ヨンの未来学会議』（一九八四年六月、集英社刊）の改訳版である。今回、訳文を全面的に見直し、古くなっている表現、不適切な表現を改めたことを明記しておく。作業にあたっては、二〇〇八年に発行されたポーランド語版、および二〇一一年に発行されたロシア語版を参照した。

〈泰平ヨン〉はレムが最も好んだシリーズだといってもいいだろう。実際、一九五〇年代から始まり、一九八七年、遺作となった〈ピルクス〉シリーズの最終巻『大失敗』（二〇〇七年、国書刊行会刊）が発表された同じ年に最後の〈泰平ヨン〉シリーズである『地球の平和』*Pokój na Ziemi*（未訳）を発表している。

〈泰平ヨン〉のシリーズとしては、他にも『航星日記』『回想記』、『現場検証』がある。また、派生シリーズとして、泰平ヨンの相棒ともいうべきタラントガ教授を主役にしたシリーズ（未訳）などもある。

レムといえば、代表作として硬派な『ソラリス』や『天の声』など、骨太のSF作品群が挙げられるが、一方で〈泰平ヨン〉のような危険なブラックジョークも好んで書いていた。〈泰平ヨン〉は中でも、後になるにしたがって、とても深刻な問題を扱うようになった。まさにレムの違った一面を垣間見られるシリーズであるとも言える。『未来学会議』について、今さら解説をつけくわえる必要はないだろう。一読していただければ、すぐにわかる。冗談めかして書かれているが、かなり深刻な話である。本書ではドラッグ汚染、次作『地球の平和』ではコンピュータ社会の弱点など、今でもまったく古びていないテーマが指摘される。

＊

本作はイスラエルのアリ・フォルマン監督により二〇一三年に映画化され、二〇一五年六月に『コングレス未来学会議』として日本でも公開される。主演女優のロビン・ライトが自らプロデューサーとして参加し、自分自身の役柄を演じるという珍しいことになっている。訳者も同作を観たのだが、正直なところ、「とんでもない映画だ」という感想しか出てこない。

劇中、本作は立派なSF映画でありながらロビン・ライトの口から「SF映画への出演は嫌だ」との発言がなされるというメタ・フィクションのような構造にもなっていて、ハリウッド映画への強烈な皮肉を投げかけている。同時にロビン・ライトが経歴をネタにセルフパロディを演じている。

今はまさにCGで構成された映画ばかりで、俳優の存在が問われている時期でもある。また、大作SF映画に主演している俳優たちが「これは単なるSF作品ではない」と言って宣伝している状況への見事な一撃になっている。訳者は、そのようなハリウッド映画作品に対して食傷ぎみでもあったので、この作品の構造にはたいへん感心させられた。

同作では〝泰平ヨン〟が出てこない。しかし、立派に『未来学会議』の映画化作品である。レム原作の作品では、ストーリーを借りるだけでまともにレムの主張を描ききったものは少ないが、本作は見事なまで映画化に成功した例だといえるかもしれない。

実写、アニメーション、VFXを駆使し、薬物によってもたらされる、主観が揺らぎ、何が本当かを判断する手段が全くなくなった世界を描ききっている。

クスクス笑いながら、シリアスに考え、時に大爆笑しながら、次の瞬間に落とされるというまさに本書の特徴そのままだった。新たな歴史的名作の誕生といえるだろう。

＊

今回、確かに大野が手を入れたのだが、ドラッグの名称など、考え抜かれた訳語に対してはまったく歯が立たなかった。故・深見弾先生の苦労と実力を前に平伏するしかなかった。改めて自分の師がどれだけの実力者だったのかを思い知ることになった。

そして、作品と内容を私に預けていただいた故・山田蓉子さん、故・田中一美さんに心からお礼を申し上げる。

また、今回の改訳にあたり、フェイスブック上で数々の「翻訳対話」に応じてくださった増田まもる様、椙山女学園大学教授・長澤唯史先生、尾之上浩司様にはたいへんお世話になった。深く感謝の意を表する。

最後に、今回、改訳の機会を与えていただいた早川書房編集部の皆さまには、限りなく深くお礼を申し上げる。

なお、本書の中において誤訳、解釈の間違いがあった場合、その責はすべて大野典宏にあると明記しておく。

二〇一五年四月二十九日　大野典宏（世界終末十億年前現象のさなか）